Madame

Ourika

Dossier et notes réalisés par
Virginie Belzgaou

Lecture d'image par
Alain Jaubert

folioplus
classiques

Virginie Belzgaou, née en 1973, est agrégée de lettres modernes. Elle enseigne actuellement au lycée Jacques-Brel de La Courneuve. Pour la collection « Folio-plus classiques », elle a rédigé le dossier pédagogique de l'anthologie *Les récits de voyage* et de *6 nouvelles fantastiques* d'Edgar Allan Poe.

Alain Jaubert est écrivain et réali-sateur. Après avoir été enseignant dans des écoles d'art et journaliste, il est devenu documentariste. Il est l'auteur de nom-breux portraits d'écrivains ou de peintres contemporains pour la télévision. Il est également l'auteur-réalisateur de *Palettes*, une série de films diffusés depuis 1990 sur la chaîne Arte et consacrés à la lec-ture de grands tableaux de l'histoire de la peinture. Il a publié deux romans aux Édi-tions Gallimard, *Val Paradis* (2004) et *Une nuit à Pompéi* (2008).

Sommaire

Sommaire

Ourika

This is to be alone, this, this is solitude[1].

BYRON

---

1. Citation du long poème narratif de Lord Byron, *Le Pèlerinage de Childe Harold* (paru entre 1812 et 1819), extraite de la strophe 26 du deuxième chant : « C'est là ce que j'appelle être seul ; c'est là, c'est là la solitude ! »

Introduction

J'étais arrivé depuis peu de mois de Montpellier[1], et je suivais à Paris la profession de la médecine, lorsque je fus appelé un matin au faubourg Saint-Jacques, pour voir dans un couvent une jeune religieuse malade. L'empereur Napoléon avait permis depuis peu le rétablissement de quelques-uns de ces couvents : celui où je me rendais était destiné à l'éducation de la jeunesse, et appartenait à l'ordre des Ursulines. La Révolution avait ruiné une partie de l'édifice ; le cloître[2] était à découvert d'un côté par la démolition de l'antique église, dont on ne voyait plus que quelques arceaux[3]. Une religieuse m'introduisit dans ce cloître, que nous traversâmes en marchant sur de longues pierres plates, qui formaient le pavé de ces galeries : je m'aperçus que c'étaient des tombes, car elles portaient toutes des inscriptions pour la plupart effacées par le temps.

---

1. Montpellier se signalait depuis le Moyen Âge par sa faculté de médecine, l'une des plus grandes et des plus renommées.

2. Partie d'un couvent attenant à une église constituée de galeries couvertes à colonnes qui encadrent une cour intérieure ou un jardin.

3. Partie cintrée d'un arc, d'une arcade, des voûtes d'une église.

Quelques-unes de ces pierres avaient été brisées pendant la Révolution : la sœur me le fit remarquer, en me disant qu'on n'avait pas encore eu le temps de les réparer. Je n'avais jamais vu l'intérieur d'un couvent ; ce spectacle était tout nouveau pour moi. Du cloître nous passâmes dans le jardin, où la religieuse me dit qu'on avait porté la sœur malade : en effet, je l'aperçus à l'extrémité d'une longue allée de charmille[1] ; elle était assise, et son grand voile noir l'enveloppait presque tout entière. « Voici le médecin », dit la sœur, et elle s'éloigna au même moment. Je m'approchai timidement, car mon cœur s'était serré en voyant ces tombes, et je me figurais que j'allais contempler une nouvelle victime des cloîtres[2] ; les préjugés de ma jeunesse venaient de se réveiller, et mon intérêt s'exaltait pour celle que j'allais visiter, en proportion du genre de malheur que je lui supposais. Elle se tourna vers moi, et je fus étrangement surpris en apercevant une négresse ! Mon étonnement s'accrut encore par la politesse de son accueil et le choix des expressions dont elle se servait. « Vous venez voir une personne bien malade, me dit-elle : à présent je désire guérir, mais je ne l'ai pas toujours souhaité, et c'est peut-être ce qui m'a fait tant de mal. » Je la questionnai sur sa maladie. « J'éprouve, me dit-elle, une oppression continuelle, je n'ai plus de sommeil,

---

1. Charmes (arbres à bois dur et blanc) plantés et taillés pour former une allée ou une tonnelle de verdure.
2. Le narrateur fait référence à l'un des grands thèmes de la littérature antireligieuse des Lumières : les couvents sont les prisons où des familles, avec la complicité de l'institution religieuse, forcent des jeunes gens, en particulier des jeunes filles, à prononcer leurs vœux, victimes sacrifiées pour des raisons économiques et sociales.

et la fièvre ne me quitte pas. » Son aspect ne confirmait que trop cette triste description de son état : sa maigreur était excessive, ses yeux brillants et fort grands, ses dents, d'une blancheur éblouissante, éclairaient seuls sa physionomie ; l'âme vivait encore, mais le corps était détruit, et elle portait toutes les marques d'un long et violent chagrin. Touché au-delà de l'expression, je résolus de tout tenter pour la sauver ; je commençai à lui parler de la nécessité de calmer son imagination, de se distraire, d'éloigner des sentiments pénibles. « Je suis heureuse, me dit-elle ; jamais je n'ai éprouvé tant de calme et de bonheur. » L'accent de sa voix était sincère, cette douce voix ne pouvait tromper ; mais mon étonnement s'accroissait à chaque instant. « Vous n'avez pas toujours pensé ainsi, lui dis-je, et vous portez la trace de bien longues souffrances. — Il est vrai, dit-elle, j'ai trouvé bien tard le repos de mon cœur, mais à présent je suis heureuse. — Eh bien ! s'il en est ainsi, repris-je, c'est le passé qu'il faut guérir ; espérons que nous en viendrons à bout : mais ce passé, je ne puis le guérir sans le connaître. — Hélas ! répondit-elle, ce sont des folies ! » En prononçant ces mots, une larme vint mouiller le bord de sa paupière. « Et vous dites que vous êtes heureuse ! m'écriai-je. — Oui, je le suis, reprit-elle avec fermeté, et je ne changerais pas mon bonheur contre le sort qui m'a fait autrefois tant d'envie. Je n'ai point de secret : mon malheur, c'est l'histoire de toute ma vie. J'ai tant souffert jusqu'au jour où je suis entrée dans cette maison, que peu à peu ma santé s'est ruinée. Je me sentais dépérir avec joie ; car je ne voyais dans l'avenir aucune espérance. Cette pensée était bien coupable! vous le voyez, j'en suis punie; et lorsque enfin je souhaite de vivre, peut-être que je ne le pourrai plus.» Je la rassurai, je lui donnai des espérances de guérison prochaine; mais en prononçant ces paroles consolantes, en lui promettant la vie, je ne sais quel triste pressentiment m'avertissait qu'il était trop tard et que la mort avait marqué sa victime.

Je revis plusieurs fois cette jeune religieuse; l'intérêt que je lui montrais paraissait la toucher. Un jour, elle revint d'elle-même au sujet où je désirais la conduire. «Les chagrins que j'ai éprouvés, dit-elle, doivent paraître si étranges, que j'ai toujours senti une grande répugnance à les confier: il n'y a point de juge des peines des autres, et les confidents sont presque toujours des accusateurs. — Ne craignez pas cela de moi, lui dis-je; je vois assez le ravage que le chagrin a fait en vous pour croire le vôtre sincère. — Vous le trouverez sincère, dit-elle, mais il vous paraîtra déraisonnable. — Et en admettant ce que vous dites, repris-je, cela exclut-il la sympathie? — Presque toujours, répondit-elle: mais cependant, si, pour me guérir, vous avez besoin de connaître les peines qui ont détruit ma santé, je vous les confierai quand nous nous connaîtrons davantage.»

Je rendis mes visites au couvent de plus en plus fréquentes; le traitement que j'indiquai parut produire quelque effet. Enfin, un jour de l'été dernier, la retrouvant seule dans le même berceau[1], sur le même banc où je l'avais vue la première fois, nous reprîmes la même conversation, et elle me conta ce qui suit.

---

1. Voûte de feuillage couvrant une allée.

Ourika

Je fus rapportée du Sénégal, à l'âge de deux ans, par M. le chevalier de B., qui en était gouverneur. Il eut pitié de moi, un jour qu'il voyait embarquer des esclaves sur un bâtiment négrier qui allait bientôt quitter le port : ma mère était morte, et on m'emportait dans le vaisseau, malgré mes cris. M. de B. m'acheta, et, à son arrivée en France, il me donna à madame la maréchale de B., sa tante, la personne la plus aimable de son temps, et celle qui sut réunir, aux qualités les plus élevées, la bonté la plus touchante.

Me sauver de l'esclavage, me choisir pour bienfaitrice madame de B., c'était me donner deux fois la vie : je fus ingrate[1] envers la Providence[2] en n'étant point heureuse ; et cependant le bonheur résulte-t-il toujours de ces dons de l'intelligence ? Je croirais plutôt le contraire : il faut payer le bienfait de savoir par le désir d'ignorer, et la fable ne nous dit pas si Galatée[3] trouva le bonheur après avoir reçu la vie.

_____

1. Qui ne manifeste pas la reconnaissance attendue.
2. Puissance divine, qui gouverne le monde, qui veille sur le destin des individus.
3. Ourika fait référence au mythe grec de Pygmalion, raconté

Je ne sus que longtemps après l'histoire des premiers jours de mon enfance. Mes plus anciens souvenirs ne me retracent que le salon[1] de madame de B.; j'y passais ma vie, aimée d'elle, caressée, gâtée par tous ses amis, accablée de présents, vantée, exaltée comme l'enfant le plus spirituel et le plus aimable.

Le ton de cette société était l'engouement, mais un engouement[2] dont le bon goût savait exclure ce qui ressemblait à l'exagération : on louait tout ce qui prêtait à la louange, on excusait tout ce qui prêtait au blâme, et souvent, par une adresse encore plus aimable, on transformait en qualités les défauts mêmes. Le succès donne du courage ; on valait près de madame de B. tout ce qu'on pouvait valoir, et peut-être un peu plus, car elle prêtait quelque chose d'elle à ses amis sans s'en douter elle-même : en la voyant, en l'écoutant, on croyait lui ressembler.

Vêtue à l'orientale, assise aux pieds de madame de B., j'écoutais, sans la comprendre encore, la conver-

---

notamment dans les *Métamorphoses* d'Ovide : Pygmalion, sculpteur fameux de Chypre, ne trouvant pas de femme qui lui semble mériter son amour, sculpte la statue d'une femme idéale et en tombe amoureux. Pygmalion supplie Aphrodite, déesse de l'amour, de lui accorder une femme qui ressemble à sa création. Celle-ci exauce son vœu en donnant vie à la statue. Pygmalion et la jeune femme se marient et ont un enfant. À partir du XVIIIe siècle, les réécritures du mythe baptisent la statue Galatée, en référence à la blancheur de l'ivoire : Galatée signifie en effet «blanche comme le lait».

1. Du XVIIe au début du XXe siècle, le salon n'est pas une simple pièce, mais un des lieux essentiels de la vie mondaine et culturelle : femmes de la noblesse et de la grande bourgeoisie y reçoivent les élites sociales, intellectuelles et, à partir du XIXe siècle surtout, politiques, de leur époque.

2. Enthousiasme, admiration vive et subite, et le plus souvent éphémère.

sation des hommes les plus distingués de ce temps-là. Je n'avais rien de la turbulence des enfants; j'étais pensive avant de penser, j'étais heureuse à côté de madame de B. : aimer, pour moi, c'était être là, c'était l'entendre, lui obéir, la regarder surtout; je ne désirais rien de plus. Je ne pouvais m'étonner de vivre au milieu du luxe, de n'être entourée que des personnes les plus spirituelles et les plus aimables; je ne connaissais pas autre chose; mais, sans le savoir, je prenais un grand dédain[1] pour tout ce qui n'était pas ce monde où je passais ma vie. Le bon goût est à l'esprit ce qu'une oreille juste est aux sons. Encore toute enfant, le manque de goût me blessait; je le sentais avant de pouvoir le définir, et l'habitude me l'avait rendu comme nécessaire. Cette disposition eût été dangereuse si j'avais eu un avenir; mais je n'avais pas d'avenir, et je ne m'en doutais pas.

J'arrivai jusqu'à l'âge de douze ans sans avoir eu l'idée qu'on pouvait être heureuse autrement que je ne l'étais. Je n'étais pas fâchée d'être une négresse[2] : on me disait que j'étais charmante; d'ailleurs, rien ne m'avertissait que ce fût un désavantage; je ne voyais presque pas d'autres enfants; un seul était mon ami, et ma couleur noire ne l'empêchait pas de m'aimer.

Ma bienfaitrice avait deux petits-fils, enfants d'une fille qui était morte jeune. Charles, le cadet, était à peu près de mon âge. Élevé avec moi, il était mon

---

1. Mépris.
2. À la fin du xviiie et au début du xixe siècle, les termes «nègre» et «négresse» ne sont pas systématiquement péjoratifs, même si, dans le contexte du combat abolitionniste, ils tendent à être remplacés par le terme «Noir(e)».

protecteur, mon conseil et mon soutien dans toutes mes petites fautes. À sept ans, il alla au collège : je pleurai en le quittant ; ce fut ma première peine. Je pensais souvent à lui, mais je ne le voyais presque plus. Il étudiait, et moi, de mon côté, j'apprenais, pour plaire à madame de B., tout ce qui devait former une éducation parfaite. Elle voulut que j'eusse tous les talents : j'avais de la voix, les maîtres les plus habiles l'exercèrent ; j'avais le goût de la peinture, et un peintre célèbre, ami de madame de B., se chargea de diriger mes efforts ; j'appris l'anglais, l'italien, et madame de B. elle-même s'occupait de mes lectures. Elle guidait mon esprit, formait mon jugement : en causant avec elle, en découvrant tous les trésors de son âme, je sentais la mienne s'élever, et c'était l'admiration qui m'ouvrait les voies de l'intelligence. Hélas ! je ne prévoyais pas que ces douces études seraient suivies de jours si amers ; je ne pensais qu'à plaire à madame de B. ; un sourire d'approbation sur ses lèvres était tout mon avenir.

Cependant des lectures multipliées, celles des poètes surtout, commençaient à occuper ma jeune imagination ; mais, sans but, sans projet, je promenais au hasard mes pensées errantes, et, avec la confiance de mon jeune âge, je me disais que madame de B. saurait bien me rendre heureuse : sa tendresse pour moi, la vie que je menais, tout prolongeait mon erreur et autorisait mon aveuglement. Je vais vous donner un exemple des soins et des préférences dont j'étais l'objet.

Vous aurez peut-être de la peine à croire, en me voyant aujourd'hui, que j'aie été citée pour l'élégance

et la beauté de ma taille. Madame de B. vantait souvent ce qu'elle appelait ma grâce, et elle avait voulu
que je susse parfaitement danser. Pour faire briller ce
talent, ma bienfaitrice donna un bal dont ses petits-fils
furent le prétexte, mais dont le véritable motif était
de me montrer fort à mon avantage dans un quadrille[1]
des quatre parties du monde où je devais représenter
l'Afrique. On consulta les voyageurs, on feuilleta les
livres de costumes, on lut des ouvrages savants sur la
musique africaine, enfin on choisit une *Comba*, danse
nationale de mon pays. Mon danseur mit un crêpe[2]
sur son visage : hélas ! je n'eus pas besoin d'en mettre
sur le mien ; mais je ne fis pas alors cette réflexion.
Tout entière au plaisir du bal, je dansai la *Comba*, et
j'eus tout le succès qu'on pouvait attendre de la
nouveauté du spectacle et du choix des spectateurs,
dont la plupart, amis de madame de B., s'enthousias-
maient pour moi et croyaient lui faire plaisir en se
laissant aller à toute la vivacité de ce sentiment. La
danse d'ailleurs était piquante[3] ; elle se composait d'un
mélange d'attitudes et de pas mesurés ; on y peignait
l'amour, la douleur, le triomphe et le désespoir. Je ne
connaissais encore aucun de ces mouvements violents
de l'âme ; mais je ne sais quel instinct me les faisait
deviner ; enfin je réussis. On m'applaudit, on m'entoura, on m'accabla d'éloges : ce plaisir fut sans mélange ;

---

1. Danse à la mode au XIXe siècle, comportant une série de
figures et exécutée par un ensemble de quatre couples.
2. Étoffe généralement de laine ou de soie, plus ou moins
légère et transparente. Le terme désigne ici le crêpe noir utilisé
en signe de deuil.
3. Qui retient l'intérêt par son aspect curieux, original.

rien ne troublait alors ma sécurité. Ce fut peu de jours après ce bal qu'une conversation, que j'entendis par hasard, ouvrit mes yeux et finit ma jeunesse.

Il y avait dans le salon de madame de B. un grand paravent de laque[1]. Ce paravent cachait une porte; mais il s'étendait aussi près d'une des fenêtres, et, entre le paravent et la fenêtre, se trouvait une table où je dessinais quelquefois. Un jour, je finissais avec application une miniature; absorbée par mon travail, j'étais restée longtemps immobile, et sans doute madame de B. me croyait sortie, lorsqu'on annonça une de ses amies, la marquise de... C'était une personne d'une raison froide, d'un esprit tranchant[2], positive[3] jusqu'à la sécheresse; elle portait ce caractère dans l'amitié: les sacrifices ne lui coûtaient rien pour le bien et pour l'avantage de ses amis; mais elle leur faisait payer cher ce grand attachement. Inquisitive[4] et difficile, son exigence égalait son dévouement, et elle était la moins aimable des amies de madame de B. Je la craignais, quoiqu'elle fût bonne pour moi; mais elle l'était à sa manière: examiner, et même assez sévèrement, était pour elle un signe d'intérêt. Hélas! j'étais si accoutumée à la bienveillance, que la justice me semblait toujours redoutable. «Pendant que nous sommes seules, dit madame de... à madame de B., je

---

1. Matière enduite d'un vernis noir ou rouge préparé en Chine ou au Japon.
2. Qui manifeste la volonté de trancher, de décider d'une manière rapide et irrévocable, en coupant court à toute discussion.
3. Qui se préoccupe essentiellement de ce qui est utile, matériel.
4. Qui fait preuve d'une curiosité déplacée, excessive.

veux vous parler d'Ourika: elle devient charmante, son esprit est tout à fait formé, elle causera comme vous, elle est pleine de talents, elle est piquante, naturelle; mais que deviendra-t-elle? et enfin qu'en ferez-vous? — Hélas! dit madame de B., cette pensée m'occupe souvent, et, je vous l'avoue, toujours avec tristesse: je l'aime comme si elle était ma fille; je ferais tout pour la rendre heureuse; et cependant, lorsque je réfléchis à sa position, je la trouve sans remède. Pauvre Ourika! je la vois seule, pour toujours seule dans la vie!»

Il me serait impossible de vous peindre l'effet que produisit en moi ce peu de paroles; l'éclair n'est pas plus prompt: je vis tout; je me vis négresse, dépendante, méprisée, sans fortune, sans appui, sans un être de mon espèce à qui unir mon sort, jusqu'ici un jouet, un amusement pour ma bienfaitrice, bientôt rejetée d'un monde où je n'étais pas faite pour être admise. Une affreuse palpitation[1] me saisit, mes yeux s'obscurcirent, le battement de mon cœur m'ôta un instant la faculté d'écouter encore; enfin je me remis assez pour entendre la suite de cette conversation.

«Je crains, disait madame de..., que vous ne la rendiez malheureuse. Que voulez-vous qui la satisfasse, maintenant qu'elle a passé sa vie dans l'intimité de votre société? — Mais elle y restera, dit madame de B. — Oui, reprit madame de..., tant qu'elle est une enfant: mais elle a quinze ans; à qui la marierez-vous, avec l'esprit qu'elle a et l'éducation que vous lui

---

1. Agitation ou, plus spécialement, accélération du rythme cardiaque sous l'effet d'une vive émotion.

avez donnée ? Qui voudra jamais épouser une négresse ? Et si, à force d'argent, vous trouvez quelqu'un qui consente à avoir des enfants nègres, ce sera un homme d'une condition inférieure, et avec qui elle se trouvera malheureuse. Elle ne peut vouloir que de ceux qui ne voudront pas d'elle. — Tout cela est vrai, dit madame de B. ; mais heureusement elle ne s'en doute point encore, et elle a pour moi un attachement, qui, j'espère, la préservera longtemps de juger sa position. Pour la rendre heureuse, il eût fallu en faire une personne commune : je crois sincèrement que cela était impossible. Eh bien ! peut-être sera-t-elle assez distinguée pour se placer au-dessus de son sort, n'ayant pu rester au-dessous. — Vous vous faites des chimères[1], dit madame de… : la philosophie nous place au-dessus des maux de la fortune, mais elle ne peut rien contre les maux qui viennent d'avoir brisé l'ordre de la nature. Ourika n'a pas rempli sa destinée : elle s'est placée dans la société sans sa permission ; la société se vengera. — Assurément, dit madame de B., elle est bien innocente de ce crime ; mais vous êtes sévère pour cette pauvre enfant. — Je lui veux plus de bien que vous, reprit madame de… ; je désire son bonheur, et vous la perdez. » Madame de B. répondit avec impatience, et j'allais être la cause d'une querelle entre les deux amies, quand on annonça une visite : je me glissai derrière le paravent ; je m'échappai ; je courus dans ma chambre, où un déluge de larmes soulagea un instant mon pauvre cœur.

C'était un grand changement dans ma vie, que la

---

1. Illusions, rêves de choses impossibles.

perte de ce prestige qui m'avait environnée jusqu'alors ! Il y a des illusions qui sont comme la lumière
du jour ; quand on les perd, tout disparaît avec elles.
Dans la confusion des nouvelles idées qui m'assail-
laient, je ne retrouvais plus rien de ce qui m'avait
occupée jusqu'alors : c'était un abîme[1] avec toutes
ses terreurs. Ce mépris dont je me voyais poursuivie ;
cette société où j'étais déplacée ; cet homme qui, à
prix d'argent, consentirait peut-être que ses enfants
fussent nègres ! toutes ces pensées s'élevaient succes-
sivement comme des fantômes et s'attachaient sur
moi comme des furies[2] : l'isolement surtout ; cette
conviction que j'étais seule, pour toujours seule dans
la vie, madame de B. l'avait dit ; et à chaque instant je
me répétais, seule ! pour toujours seule ! La veille
encore, que m'importait d'être seule ? je n'en savais
rien ; je ne le sentais pas ; j'avais besoin de ce que
j'aimais, je ne songeais pas que ce que j'aimais n'avait
pas besoin de moi. Mais à présent, mes yeux étaient
ouverts, et le malheur avait déjà fait entrer la défiance
dans mon âme.

Quand je revins chez madame de B., tout le monde
fut frappé de mon changement ; on me questionna ; je
dis que j'étais malade ; on le crut. Madame de B.
envoya chercher Barthez[3], qui m'examina avec soin,

---

1. Gouffre d'une insondable profondeur. Au figuré, situation
ou sentiment de détresse infinie.
2. Allusion aux divinités infernales (au nombre de trois) char-
gées d'exécuter la vengeance divine dans la mythologie latine.
3. Paul-Joseph Barthez (1734-1806), originaire de Montpellier,
fut l'un des plus célèbres médecins du XVIIIᵉ siècle. Collaborateur
de *L'Encyclopédie*, il compta parmi ses patients Louis XVI.

me tâta le pouls, et dit brusquement que je n'avais rien. Madame de B. se rassura, et essaya de me distraire et de m'amuser. Je n'ose dire combien j'étais ingrate pour ces soins de ma bienfaitrice ; mon âme s'était comme resserrée en elle-même. Les bienfaits qui sont doux à recevoir, sont ceux dont le cœur s'acquitte : le mien était rempli d'un sentiment trop amer pour se répandre au-dehors. Des combinaisons infinies, les mêmes pensées occupaient tout mon temps ; elles se reproduisaient sous mille formes différentes : mon imagination leur prêtait les couleurs les plus sombres ; souvent mes nuits entières se passaient à pleurer. J'épuisais ma pitié sur moi-même ; ma figure me faisait horreur, je n'osais plus me regarder dans une glace ; lorsque mes yeux se portaient sur mes mains noires, je croyais voir celles d'un singe ; je m'exagérais ma laideur, et cette couleur me paraissait comme le signe de ma réprobation[1] ; c'est elle qui me séparait de tous les êtres de mon espèce, qui me condamnait à être seule, toujours seule ! jamais aimée ! Un homme, à prix d'argent, consentirait peut-être que ses enfants fussent nègres ! Tout mon sang se soulevait d'indignation à cette pensée. J'eus un moment l'idée de demander à madame de B. de me renvoyer dans mon pays ; mais là encore j'aurais été isolée : qui m'aurait entendue, qui m'aurait comprise ? Hélas ! je n'appartenais plus à personne ; j'étais étrangère à la race humaine tout entière !

Ce n'est que bien longtemps après que je compris la possibilité de me résigner à un tel sort. Madame

---

1. Jugement par lequel quelqu'un est rejeté.

de B. n'était point dévote[1] ; je devais à un prêtre respectable, qui m'avait instruite pour ma première communion, ce que j'avais de sentiments religieux. Ils étaient sincères comme tout mon caractère ; mais je ne savais pas que, pour être profitable, la piété[2] a besoin d'être mêlée à toutes les actions de la vie : la mienne avait occupé quelques instants de mes journées, mais elle était demeurée étrangère à tout le reste. Mon confesseur était un saint vieillard, peu soupçonneux ; je le voyais deux ou trois fois par an, et, comme je n'imaginais pas que des chagrins fussent des fautes, je ne lui parlais pas de mes peines. Elles altéraient sensiblement ma santé ; mais, chose étrange ! elles perfectionnaient mon esprit. Un sage d'Orient a dit : « Celui qui n'a pas souffert, que sait-il[3] ? » Je vis que je ne savais rien avant mon malheur ; mes impressions étaient toutes des sentiments ; je ne jugeais pas ; j'aimais : les discours, les actions, les personnes plaisaient ou déplaisaient à mon cœur. À présent, mon esprit s'était séparé de ces mouvements involontaires : le chagrin est comme l'éloignement, il fait juger l'ensemble des objets. Depuis que je me sentais étrangère à tout, j'étais devenue plus difficile, et j'examinais, en le critiquant, presque tout ce qui m'avait plu jusqu'alors.

Cette disposition ne pouvait échapper à madame de B. ; je n'ai jamais su si elle en devina la cause. Elle

---

1. Profondément attachée à la religion et à ses pratiques.
2. Attachement à Dieu et aux devoirs de la religion.
3. Citation extraite de l'Ecclésiaste, l'un des livres de l'Ancien Testament attribués à Salomon, roi d'Israël, dont la sagesse est légendaire.

craignait peut-être d'exalter[1] ma peine en me permettant de la lui confier : mais elle me montrait
encore plus de bonté que de coutume ; elle me parlait
avec un entier abandon[2], et, pour me distraire de
mes chagrins, elle m'occupait de ceux qu'elle avait
elle-même. Elle jugeait bien mon cœur ; je ne pouvais
en effet me rattacher à la vie, que par l'idée d'être
nécessaire ou du moins utile à ma bienfaitrice. La
pensée qui me poursuivait le plus, c'est que j'étais
isolée sur la terre, et que je pouvais mourir sans
laisser de regrets dans le cœur de personne. J'étais
injuste pour madame de B. ; elle m'aimait, elle me
l'avait assez prouvé ; mais elle avait des intérêts qui
passaient bien avant moi. Je n'enviais pas sa tendresse
à ses petits-fils, surtout à Charles ; mais j'aurais voulu
dire comme eux : Ma mère !

Les liens de famille surtout me faisaient faire des
retours bien douloureux sur moi-même, moi qui
jamais ne devais être la sœur, la femme, la mère de
personne ! Je me figurais dans ces liens plus de douceur qu'ils n'en ont peut-être, et je négligeais ceux
qui m'étaient permis, parce que je ne pouvais atteindre
à ceux-là. Je n'avais point d'amie, personne n'avait ma
confiance : ce que j'avais pour madame de B. était plutôt un culte[3] qu'une affection ; mais je crois que je
sentais pour Charles tout ce qu'on éprouve pour un
frère.

---

1. Accroître jusqu'à un très haut degré.
2. Sans contrainte, en toute confiance.
3. Vénération à l'égard de Dieu ou d'une personne, d'une
chose, qu'on élève au rang de Dieu.

Il était toujours au collège, qu'il allait bientôt quitter pour commencer ses voyages. Il partait avec son frère aîné et son gouverneur[1], et ils devaient visiter l'Allemagne, l'Angleterre et l'Italie ; leur absence devait durer deux ans. Charles était charmé de partir ; et moi, je ne fus affligée[2] qu'au dernier moment ; car j'étais toujours bien aise[3] de ce qui lui faisait plaisir. Je ne lui avais rien dit de toutes les idées qui m'occupaient ; je ne le voyais jamais seul, et il m'aurait fallu bien du temps pour lui expliquer ma peine : je suis sûre qu'alors il m'aurait comprise. Mais il avait, avec son air doux et grave, une disposition à la moquerie, qui me rendait timide : il est vrai qu'il ne l'exerçait guère que sur les ridicules de l'affectation[4] ; tout ce qui était sincère le désarmait. Enfin je ne lui dis rien. Son départ, d'ailleurs, était une distraction, et je crois que cela me faisait du bien de m'affliger d'autre chose que de ma douleur habituelle.

Ce fut peu de temps après le départ de Charles, que la Révolution prit un caractère plus sérieux : je n'entendais parler tout le jour, dans le salon de madame de B., que des grands intérêts moraux et politiques que cette Révolution remua jusque dans leur source ; ils se rattachaient à ce qui avait occupé les esprits supérieurs de tous les temps. Rien n'était plus capable d'étendre et de former mes idées, que le

---

1. Homme chargé de l'éducation d'un prince ou de jeunes garçons de la haute noblesse.
2. Qui éprouve une vive douleur.
3. Joyeuse.
4. Attitude qui manque de naturel, de sincérité.

spectacle de cette arène[1] où les hommes distingués remettaient chaque jour en question tout ce qu'on avait pu croire jugé jusqu'alors. Ils approfondissaient tous les sujets, remontaient à l'origine de toutes les institutions[2], mais trop souvent pour tout ébranler[3] et pour tout détruire.

Croiriez-vous que, jeune comme j'étais, étrangère à tous les intérêts de la société, nourrissant à part ma plaie secrète, la Révolution apporta un changement dans mes idées, fit naître dans mon cœur quelques espérances, et suspendit un moment mes maux ? tant on cherche vite ce qui peut consoler ! J'entrevis donc que, dans ce grand désordre, je pourrais trouver ma place ; que toutes les fortunes renversées, tous les rangs[4] confondus, tous les préjugés évanouis, amèneraient peut-être un état de choses où je serais moins étrangère ; et que si j'avais quelque supériorité d'âme, quelque qualité cachée, on l'apprécierait lorsque ma couleur ne m'isolerait plus au milieu du monde, comme elle avait fait jusqu'alors. Mais il arriva que ces qualités mêmes que je pouvais me trouver, s'opposèrent vite à mon illusion : je ne pus désirer longtemps beaucoup de mal pour un peu de bien personnel. D'un autre côté, j'apercevais les ridicules de ces personnages qui

---

1. Partie sablée d'un amphithéâtre romain où se déroulaient les jeux du cirque, les combats de gladiateurs. Au figuré, le terme désigne un lieu de discussions, de disputes, en particulier politiques.
2. Ensemble des structures politiques et sociales établies par la loi ou la coutume.
3. Mettre en péril la solidité ou l'équilibre.
4. Les différents rangs sociaux, strictement hiérarchisés avant le « grand désordre » révolutionnaire évoqué par Ourika.

voulaient maîtriser les événements ; je jugeais les peti-
tesses de leurs caractères, je devinais leurs vues
secrètes ; bientôt leur fausse philanthropie[1] cessa de
m'abuser[2], et je renonçai à l'espérance, en voyant
qu'il resterait encore assez de mépris pour moi au
milieu de tant d'adversités. Cependant je m'intéressais toujours à ces discussions animées ; mais elles ne
tardèrent pas à perdre ce qui faisait leur plus grand
charme. Déjà le temps n'était plus où l'on ne songeait
qu'à plaire, et où la première condition pour y réussir
était l'oubli des succès de son amour-propre : lorsque
la Révolution cessa d'être une belle théorie et qu'elle
toucha aux intérêts intimes de chacun, les conversations dégénérèrent en disputes, et l'aigreur, l'amertume et les personnalités prirent la place de la raison.
Quelquefois, malgré ma tristesse, je m'amusais de
toutes ces violentes opinions, qui n'étaient, au fond,
presque jamais que des prétentions, des affectations
ou des peurs : mais la gaieté qui vient de l'observation
des ridicules, ne fait pas de bien ; il y a trop de mali-
gnité[3] dans cette gaieté, pour qu'elle puisse réjouir
le cœur qui ne se plaît que dans les joies innocentes.
On peut avoir cette gaieté moqueuse, sans cesser
d'être malheureux ; peut-être même le malheur rend-
il plus susceptible de l'éprouver, car l'amertume dont

---

1. Activité du philanthrope. Personne qui se voue au bonheur
de l'humanité, en œuvrant plus particulièrement à l'amélioration
du sort des «misérables». Dans la période révolutionnaire,
comme à l'époque où Claire de Duras écrit *Ourika*, le terme
«philanthrope» peut désigner en particulier ceux qui s'engagent
dans le combat en faveur des esclaves noirs.
2. Tromper, faire illusion.
3. Méchanceté.

l'âme se nourrit, fait l'aliment habituel de ce triste plaisir.

L'espoir sitôt détruit que m'avait inspiré la Révolution n'avait point changé la situation de mon âme ; toujours mécontente de mon sort, mes chagrins n'étaient adoucis que par la confiance et les bontés de madame de B. Quelquefois, au milieu de ces conversations politiques dont elle ne pouvait réussir à calmer l'aigreur, elle me regardait tristement ; ce regard était un baume[1] pour mon cœur ; il semblait me dire : « Ourika, vous seule m'entendez ! »

On commençait à parler de la liberté des nègres : il était impossible que cette question ne me touchât pas vivement ; c'était une illusion que j'aimais encore à me faire, qu'ailleurs, du moins, j'avais des semblables : comme ils étaient malheureux, je les croyais bons, et je m'intéressais à leur sort. Hélas ! je fus promptement détrompée ! Les massacres de Saint-Domingue me causèrent une douleur nouvelle et déchirante : jusqu'ici je m'étais affligée d'appartenir à une race proscrite ; maintenant j'avais honte d'appartenir à une race de barbares et d'assassins.

Cependant la Révolution faisait des progrès rapides ; on s'effrayait en voyant les hommes les plus violents s'emparer de toutes les places. Bientôt il parut que ces hommes étaient décidés à ne rien respecter : les affreuses journées du 20 juin[2] et du 10 août durent

---

1. Qui apaise la souffrance morale.
2. Ce jour-là, des émeutiers s'introduisent au château des Tuileries où résidait la famille royale pour sommer le roi de retirer le veto qu'il avait opposé à deux décrets votés par l'Assemblée législative.

préparer à tout. Ce qui restait de la société de madame de B. se dispersa à cette époque : les uns fuyaient les persécutions dans les pays étrangers ; les autres se cachaient ou se retiraient en province. Madame de B. ne fit ni l'un ni l'autre ; elle était fixée chez elle par l'occupation constante de son cœur : elle resta avec un souvenir et près d'un tombeau.

Nous vivions depuis quelques mois dans la solitude, lorsque, à la fin de l'année 1792, parut le décret de confiscation des biens des émigrés. Au milieu de ce désastre général, madame de B. n'aurait pas compté la perte de sa fortune, si elle n'eut appartenu à ses petits-fils ; mais, par des arrangements de famille, elle n'en avait que la jouissance. Elle se décida donc à faire revenir Charles, le plus jeune des deux frères, et à envoyer l'aîné, âgé de près de vingt ans, à l'armée de Condé. Ils étaient alors en Italie, et achevaient ce grand voyage, entrepris, deux ans auparavant, dans des circonstances bien différentes. Charles arriva à Paris au commencement de février 1793, peu de temps après la mort du roi.

Ce grand crime avait causé à madame de B. la plus violente douleur ; elle s'y livrait tout entière, et son âme était assez forte, pour proportionner l'horreur du forfait[1] à l'immensité du forfait même. Les grandes douleurs, dans la vieillesse, ont quelque chose de frappant : elles ont pour elles l'autorité de la raison. Madame de B. souffrait avec toute l'énergie de son caractère ; sa santé en était altérée, mais je n'imaginais pas qu'on pût essayer de la consoler, ou même

---

1. Crime atroce, monstrueux.

de la distraire. Je pleurais, je m'unissais à ses sentiments, j'essayais d'élever mon âme pour la rapprocher
de la sienne, pour souffrir du moins autant qu'elle et
avec elle.

Je ne pensai presque pas à mes peines, tant que
dura la Terreur ; j'aurais eu honte de me trouver
malheureuse en présence de ces grandes infortunes :
d'ailleurs, je ne me sentais plus isolée depuis que tout
le monde était malheureux. L'opinion est comme une
patrie ; c'est un bien dont on jouit ensemble ; on est
frère pour la soutenir et pour la défendre. Je me
disais quelquefois, que moi, pauvre négresse, je tenais
pourtant à toutes les âmes élevées, par le besoin de
la justice que j'éprouvais en commun avec elles : le
jour du triomphe de la vertu et de la vérité serait un
jour de triomphe pour moi comme pour elles : mais,
hélas ! ce jour était bien loin.

Aussitôt que Charles fut arrivé, madame de B. partit pour la campagne. Tous ses amis étaient cachés ou
en fuite ; sa société se trouvait presque réduite à un
vieil abbé que, depuis dix ans, j'entendais tous les
jours se moquer de la religion, et qui à présent s'ir-
ritait qu'on eût vendu les biens du clergé, parce qu'il
y perdait vingt mille livres de rente[1]. Cet abbé vint
avec nous à Saint-Germain. Sa société était douce, ou
plutôt elle était tranquille : car son calme n'avait rien
de doux ; il venait de la tournure de son esprit, plutôt
que de la paix de son cœur.

Madame de B. avait été toute sa vie dans la position
de rendre beaucoup de services : liée avec M. de

---

1. Revenu périodique produit par un capital.

Choiseul[1], elle avait pu, pendant ce long ministère, être utile à bien des gens. Deux des hommes les plus influents pendant la Terreur avaient des obligations à madame de B. ; ils s'en souvinrent et se montrèrent reconnaissants. Veillant sans cesse sur elle, ils ne permirent pas qu'elle fût atteinte ; ils risquèrent plusieurs fois leurs vies pour dérober la sienne aux fureurs révolutionnaires : car on doit remarquer qu'à cette époque funeste, les chefs mêmes des partis les plus violents ne pouvaient faire un peu de bien sans danger ; il semblait que, sur cette terre désolée, on ne pût régner que par le mal, tant lui seul donnait et ôtait la puissance. Madame de B. n'alla point en prison ; elle fut gardée chez elle, sous prétexte de sa mauvaise santé. Charles, l'abbé et moi, nous restâmes auprès d'elle et nous lui donnions tous nos soins.

Rien ne peut peindre l'état d'anxiété et de terreur des journées que nous passâmes alors, lisant chaque soir, dans les journaux, la condamnation et la mort des amis de madame de B., et tremblant à tout instant que ses protecteurs n'eussent plus le pouvoir de la garantir du même sort. Nous sûmes qu'en effet elle était au moment de périr, lorsque la mort de Robespierre mit un terme à tant d'horreurs. On respira ; les gardes quittèrent la maison de madame de B., et nous restâmes tous quatre dans la même solitude, comme on se retrouve, j'imagine, après une grande calamité[2] à laquelle on a échappé ensemble. On aurait cru que

---

1. Le duc de Choiseul, qui, entre 1758 et 1770 (sous le règne de Louis XV), occupa d'importantes fonctions ministérielles.
2. Malheur terrible, qui affecte un grand nombre de personnes.

tous les liens s'étaient resserrés par le malheur : j'avais senti que là, du moins, je n'étais pas étrangère.

Si j'ai connu quelques instants doux dans ma vie, depuis la perte des illusions de mon enfance, c'est l'époque qui suivit ces temps désastreux. Madame de B. possédait au suprême degré ce qui fait le charme de la vie intérieure : indulgente et facile, on pouvait tout dire devant elle ; elle savait deviner ce que voulait dire ce qu'on avait dit. Jamais une interprétation sévère ou infidèle ne venait glacer la confiance ; les pensées passaient pour ce qu'elles valaient ; on n'était responsable de rien. Cette qualité eût fait le bonheur des amis de madame de B., quand bien même elle n'eût possédé que celle-là. Mais combien d'autres grâces n'avait-elle pas encore ! Jamais on ne sentait de vide ni d'ennui dans sa conversation ; tout lui servait d'aliment : l'intérêt qu'on prend aux petites choses, qui est de la futilité dans les personnes communes, est la source de mille plaisirs avec une personne distinguée ; car c'est le propre des esprits supérieurs, de faire quelque chose de rien. L'idée la plus ordinaire devenait féconde si elle passait par la bouche de madame de B. ; son esprit et sa raison savaient la revêtir de mille nouvelles couleurs.

Charles avait des rapports de caractère avec madame de B., et son esprit aussi ressemblait au sien, c'est-à-dire qu'il était ce que celui de madame de B. avait dû être, juste, ferme, étendu, mais sans modifications ; la jeunesse ne les connaît pas : pour elle, tout est bien, ou tout est mal, tandis que l'écueil [1] de la vieillesse est

---

1. Danger encouru.

souvent de trouver que rien n'est tout à fait bien, et rien tout à fait mal. Charles avait les deux belles passions de son âge, la justice et la vérité. J'ai dit qu'il haïssait jusqu'à l'ombre de l'affectation ; il avait le défaut d'en voir quelquefois où il n'y en avait pas. Habituellement contenu, sa confiance était flatteuse ; on voyait qu'il la donnait, qu'elle était le fruit de l'estime, et non le penchant de son caractère : tout ce qu'il accordait avait du prix, car presque rien en lui n'était involontaire, et tout cependant était naturel. Il comptait tellement sur moi, qu'il n'avait pas une pensée qu'il ne me dît aussitôt. Le soir, assis autour d'une table, les conversations étaient infinies : notre vieil abbé y tenait sa place ; il s'était fait un enchaînement si complet d'idées fausses, et il les soutenait avec tant de bonne foi, qu'il était une source inépuisable d'amusement pour madame de B., dont l'esprit juste et lumineux faisait admirablement ressortir les absurdités du pauvre abbé, qui ne se fâchait jamais ; elle jetait tout au travers de son *ordre d'idées*, de grands traits de bon sens que nous comparions aux grands coups d'épée de Roland ou de Charlemagne[1].

Madame de B. aimait à marcher ; elle se promenait tous les matins dans la forêt de Saint-Germain, donnant le bras à l'abbé ; Charles et moi nous la suivions de loin. C'est alors qu'il me parlait de tout ce qui l'occupait, de ses projets, de ses espérances, de ses idées surtout, sur les choses, sur les hommes, sur les événements. Il ne me cachait rien, et il ne se doutait

---

1. Charlemagne et Roland, héros de *La Chanson de Roland* (xie siècle) et du *Roland furieux* (1516) de l'Arioste.

pas qu'il me confiât quelque chose. Depuis si longtemps il comptait sur moi, que mon amitié était pour
lui comme sa vie; il en jouissait sans la sentir; il ne
me demandait ni intérêt ni attention; il savait bien
qu'en me parlant de lui, il me parlait de moi, et que
j'étais plus *lui* que lui-même: charme d'une telle
confiance, vous pouvez tout remplacer, remplacer le
bonheur même!

Je ne pensais jamais à parler à Charles de ce qui
m'avait tant fait souffrir; je l'écoutais, et ces conversations avaient sur moi je ne sais quel effet magique,
qui amenait l'oubli de mes peines. S'il m'avait ques-
tionnée, il m'en eût fait souvenir; alors je lui aurais
tout dit: mais il n'imaginait pas que j'avais aussi un
secret. On était accoutumé à me voir souffrante; et
madame de B. faisait tant pour mon bonheur qu'elle
devait me croire heureuse. J'aurais dû l'être; je me le
disais souvent; je m'accusais d'ingratitude ou de folie;
je ne sais si j'aurais osé avouer jusqu'à quel point ce
mal sans remède de ma couleur me rendait malheureuse. Il y a quelque chose d'humiliant à ne pas savoir
se soumettre à la nécessité: aussi, ces douleurs, quand
elles maîtrisent l'âme, ont tous les caractères du
désespoir. Ce qui m'intimidait aussi avec Charles,
c'est cette tournure un peu sévère de ses idées. Un
soir, la conversation s'était établie sur la pitié, et on
se demandait si les chagrins inspirent plus d'intérêt
par leurs résultats ou par leurs causes. Charles s'était
prononcé pour la cause; il pensait donc qu'il fallait
que toutes les douleurs fussent raisonnables. Mais qui
peut dire ce que c'est que la raison? est-elle la même
pour tout le monde? tous les cœurs ont-ils les mêmes

besoins? et le malheur n'est-il pas la privation des besoins du cœur?

Il était rare cependant que nos conversations du soir me ramenassent ainsi à moi-même ; je tâchais d'y penser le moins que je pouvais ; j'avais ôté de ma chambre tous les miroirs, je portais toujours des gants ; mes vêtements cachaient mon cou et mes bras, et j'avais adopté, pour sortir, un grand chapeau avec un voile, que souvent même je gardais dans la maison. Hélas ! je me trompais ainsi moi-même : comme les enfants, je fermais les yeux, et je croyais qu'on ne me voyait pas.

Vers la fin de l'année 1795, la Terreur était finie, et l'on commençait à se retrouver ; les débris de la société de madame de B. se réunirent autour d'elle, et je vis avec peine le cercle de ses amis s'augmenter. Ma position était si fausse dans le monde, que plus la société rentrait dans son ordre naturel, plus je m'en sentais dehors. Toutes les fois que je voyais arriver chez madame de B. des personnes qui n'y étaient pas encore venues, j'éprouvais un nouveau tourment. L'expression de surprise mêlée de dédain que j'observais sur leur physionomie, commençait à me troubler ; j'étais sûre d'être bientôt l'objet d'un aparté[1] dans l'embrasure de la fenêtre, ou d'une conversation à voix basse : car il fallait bien se faire expliquer comment une négresse était admise dans la société intime de madame de B. Je souffrais le martyre pendant ces éclaircissements ; j'aurais voulu être transportée dans

---

1. Conversation particulière, à l'écart des autres, et qui ne doit pas être entendue.

ma patrie barbare, au milieu des sauvages qui l'habitent, moins à craindre pour moi que cette société cruelle qui me rendait responsable du mal qu'elle seule avait fait. J'étais poursuivie, plusieurs jours de suite, par le souvenir de cette physionomie[1] dédaigneuse ; je la voyais en rêve, je la voyais à chaque instant ; elle se plaçait devant moi comme ma propre image. Hélas ! elle était celle des chimères dont je me laissais obséder ! Vous ne m'aviez pas encore appris, ô mon Dieu ! à conjurer ces fantômes ; je ne savais pas qu'il n'y a de repos qu'en vous.

À présent, c'était dans le cœur de Charles que je cherchais un abri ; j'étais fière de son amitié, je l'étais encore plus de ses vertus ; je l'admirais comme ce que je connaissais de plus parfait sur la terre. J'avais cru autrefois aimer Charles comme un frère ; mais depuis que j'étais toujours souffrante, il me semblait que j'étais vieillie, et que ma tendresse pour lui ressemblait plutôt à celle d'une mère. Une mère, en effet, pouvait seule éprouver ce désir passionné de son bonheur, de ses succès ; j'aurais volontiers donné ma vie pour lui épargner un moment de peine. Je voyais bien avant lui l'impression qu'il produisait sur les autres ; il était assez heureux pour ne s'en pas soucier : c'est tout simple ; il n'avait rien à en redouter, rien ne lui avait donné cette inquiétude habituelle que j'éprouvais sur les pensées des autres ; tout était harmonie dans son sort, tout était désaccord dans le mien.

Un matin, un ancien ami de madame de B. vint chez elle ; il était chargé d'une proposition de mariage

---

1. Expression du visage.

pour Charles : mademoiselle de Thémines était devenue, d'une manière bien cruelle, une riche héritière ;
elle avait perdu le même jour, sur l'échafaud, sa famille
entière ; il ne lui restait plus qu'une grand-tante,
autrefois religieuse, et qui, devenue tutrice de mademoiselle de Thémines, regardait comme un devoir de
la marier, et voulait se presser, parce qu'ayant plus de
quatre-vingts ans, elle craignait de mourir et de laisser
ainsi sa nièce seule et sans appui dans le monde.
Mademoiselle de Thémines réunissait tous les avan-
tages de la naissance, de la fortune et de l'éducation ;
elle avait seize ans ; elle était belle comme le jour : on
ne pouvait hésiter. Madame de B. en parla à Charles,
qui d'abord fut un peu effrayé de se marier si jeune :
bientôt il désira voir mademoiselle de Thémines ; l'en-
trevue eut lieu, et alors il n'hésita plus. Anaïs de
Thémines possédait en effet tout ce qui pouvait plaire
à Charles ; jolie sans s'en douter, et d'une modestie si
tranquille, qu'on voyait qu'elle ne devait qu'à la nature
cette charmante vertu. Madame de Thémines permit
à Charles d'aller chez elle, et bientôt il devint passionnément amoureux. Il me racontait les progrès de ses
sentiments : j'étais impatiente de voir cette belle Anaïs,
destinée à faire le bonheur de Charles. Elle vint enfin
à Saint-Germain ; Charles lui avait parlé de moi ; je
n'eus point à supporter d'elle ce coup d'œil dédaigneux et scrutateur qui me faisait toujours tant de
mal : elle avait l'air d'un ange de bonté. Je lui promis
qu'elle serait heureuse avec Charles ; je la rassurai
sur sa jeunesse, je lui dis qu'à vingt et un ans il avait
la raison solide d'un âge bien plus avancé. Je répondis
à toutes ses questions : elle m'en fit beaucoup, parce

qu'elle savait que je connaissais Charles depuis son
enfance; et il m'était si doux d'en dire du bien, que je
ne me lassais pas d'en parler.

Les arrangements d'affaires retardèrent de quelques
semaines la conclusion du mariage. Charles continuait
à aller chez madame de Thémines, et souvent il restait
à Paris deux ou trois jours de suite: ces absences
m'affligeaient, et j'étais mécontente de moi-même,
en voyant que je préférais mon bonheur à celui de
Charles; ce n'est pas ainsi que j'étais accoutumée à
aimer. Les jours où il revenait, étaient des jours de
fête; il me racontait ce qui l'avait occupé; et s'il avait
fait quelques progrès dans le cœur d'Anaïs, je m'en
réjouissais avec lui. Un jour pourtant il me parla de la
manière dont il voulait vivre avec elle: «Je veux
obtenir toute sa confiance, me dit-il, et lui donner
toute la mienne; je ne lui cacherai rien, elle saura
toutes mes pensées, elle connaîtra tous les mouvements secrets de mon cœur; je veux qu'il y ait entre
elle et moi une confiance comme la nôtre, Ourika.»
Comme la nôtre! Ce mot me fit mal; il me rappela
que Charles ne savait pas le seul secret de ma vie, et
il m'ôta le désir de le lui confier. Peu à peu les absences
de Charles devinrent plus longues; il n'était presque
plus à Saint-Germain que des instants; il venait à cheval pour mettre moins de temps en chemin, il retour-
nait l'après-dînée à Paris; de sorte que tous les soirs
se passaient sans lui. Madame de B. plaisantait souvent
de ces longues absences; j'aurais bien voulu faire
comme elle!

Un jour, nous nous promenions dans la forêt.
Charles avait été absent presque toute la semaine: je

l'aperçus tout à coup à l'extrémité de l'allée où nous marchions ; il venait à cheval, et très vite. Quand il fut près de l'endroit où nous étions, il sauta à terre et se mit à se promener avec nous : après quelques minutes de conversation générale, il resta en arrière avec moi, et nous recommençâmes à causer comme autrefois ; j'en fis la remarque. « Comme autrefois ! s'écria-t-il ; ah ! quelle différence ! avais-je donc quelque chose à dire dans ce temps-là ? Il me semble que je n'ai commencé à vivre que depuis deux mois. Ourika, je ne vous dirai jamais ce que j'éprouve pour elle ! Quelquefois je crois sentir que mon âme tout entière va passer dans la sienne. Quand elle me regarde, je ne respire plus ; quand elle rougit, je voudrais me prosterner à ses pieds pour l'adorer. Quand je pense que je vais être le protecteur de cet ange, qu'elle me confie sa vie, sa destinée ; ah ! que je suis glorieux de la mienne ! Que je la rendrai heureuse ! Je serai pour elle le père, la mère qu'elle a perdus : mais je serai aussi son mari, son amant ! Elle me donnera son premier amour ; tout son cœur s'épanchera dans le mien ; nous vivrons de la même vie, et je ne veux pas que, dans le cours de nos longues années, elle puisse dire qu'elle ait passé une heure sans être heureuse. Quelles délices, Ourika, de penser qu'elle sera la mère de mes enfants, qu'ils puiseront la vie dans le sein d'Anaïs ! Ah ! ils seront doux et beaux comme elle ! Qu'ai-je fait, ô Dieu ! pour mériter tant de bonheur ! »

Hélas ! j'adressais en ce moment au ciel une question toute contraire ! Depuis quelques instants, j'écoutais ces paroles passionnées avec un sentiment indéfinissable. Grand Dieu ! vous êtes témoin que

j'étais heureuse du bonheur de Charles : mais pourquoi avez-vous donné la vie à la pauvre Ourika ?
pourquoi n'est-elle pas morte sur ce bâtiment négrier
d'où elle fut arrachée, ou sur le sein de sa mère ? Un
peu de sable d'Afrique eût recouvert son corps, et ce
fardeau[1] eût été bien léger ! Qu'importait au monde
qu'Ourika vécût ? Pourquoi était-elle condamnée à la
vie ? C'était donc pour vivre seule, toujours seule,
jamais aimée ! Ô mon Dieu, ne le permettez pas !
Retirez de la terre la pauvre Ourika ! Personne n'a
besoin d'elle : n'est-elle pas seule dans la vie ? Cette
affreuse pensée me saisit avec plus de violence qu'elle
n'avait encore fait. Je me sentis fléchir, je tombai sur
les genoux, mes yeux se fermèrent, et je crus que
j'allais mourir.

En achevant ces paroles, l'oppression de la pauvre
religieuse parut s'augmenter ; sa voix s'altéra, et
quelques larmes coulèrent le long de ses joues flé-
tries[2]. Je voulus l'engager à suspendre son récit ; elle
s'y refusa. « Ce n'est rien, me dit-elle ; maintenant le
chagrin ne dure pas dans mon cœur : la racine en est
coupée. Dieu a eu pitié de moi ; il m'a retirée lui-même
de cet abîme où je n'étais tombée que faute de le
connaître et de l'aimer. N'oubliez donc pas que je
suis heureuse : mais, hélas ! ajouta-t-elle, je ne l'étais
point alors. »

Jusqu'à l'époque dont je viens de vous parler, j'avais
supporté mes peines ; elles avaient altéré ma santé,

---

1. Poids, charge pesante qu'il faut porter.
2. Qui ont perdu leur vitalité, leur éclat.

mais j'avais conservé ma raison et une sorte d'empire[1] sur moi-même : mon chagrin, comme le ver qui dévore le fruit, avait commencé par le cœur ; je portais dans mon sein le germe de la destruction, lorsque tout était encore plein de vie au-dehors de moi. La conversation me plaisait, la discussion m'animait ; j'avais même conservé une sorte de gaieté d'esprit ; mais j'avais perdu les joies du cœur. Enfin jusqu'à l'époque dont je viens de vous parler, j'étais plus forte que mes peines ; je sentais qu'à présent mes peines seraient plus fortes que moi.

Charles me rapporta dans ses bras jusqu'à la maison ; là tous les secours me furent donnés, et je repris connaissance. En ouvrant les yeux, je vis madame de B. à côté de mon lit ; Charles me tenait une main ; ils m'avaient soignée eux-mêmes, et je vis sur leurs visages un mélange d'anxiété et de douleur qui pénétra jusqu'au fond de mon âme : je sentis la vie revenir en moi ; mes pleurs coulèrent. Madame de B. les essuyait doucement ; elle ne me disait rien, elle ne me faisait point de questions : Charles m'en accabla. Je ne sais ce que je lui répondis ; je donnai pour cause à mon accident le chaud, la longueur de la promenade : il me crut, et l'amertume rentra dans mon âme en voyant qu'il me croyait : mes larmes se séchèrent ; je me dis qu'il était donc bien facile de tromper ceux dont l'intérêt était ailleurs ; je retirai ma main qu'il tenait encore, et je cherchai à paraître tranquille. Charles partit, comme de coutume, à cinq heures ; j'en fus blessée ; j'aurais voulu qu'il fût inquiet de moi :

---

1. Pouvoir, maîtrise.

je souffrais tant! Il serait parti de même, je l'y aurais forcé; mais je me serais dit qu'il me devait le bonheur de sa soirée, et cette pensée m'eût consolée. Je me gardai bien de montrer à Charles ce mouvement de mon cœur; les sentiments délicats ont une sorte de pudeur; s'ils ne sont devinés, ils sont incomplets : on dirait qu'on ne peut les éprouver qu'à deux.

À peine Charles fut-il parti, que la fièvre me prit avec une grande violence; elle augmenta les deux jours suivants. Madame de B. me soignait avec sa bonté accoutumée; elle était désespérée de mon état, et de l'impossibilité de me faire transporter à Paris, où le mariage de Charles l'obligeait à se rendre le lendemain. Les médecins dirent à madame de B. qu'ils répondaient de ma vie si elle me laissait à Saint-Germain; elle s'y résolut, et elle me montra en partant une affection si tendre, qu'elle calma un moment mon cœur. Mais après son départ, l'isolement complet, réel, où je me trouvais pour la première fois de ma vie, me jeta dans un profond désespoir. Je voyais se réaliser cette situation que mon imagination s'était peinte tant de fois; je mourais loin de ce que j'aimais, et mes tristes gémissements ne parvenaient pas même à leurs oreilles : hélas! ils eussent troublé leur joie. Je les voyais, s'abandonnant à toute l'ivresse du bonheur, loin d'Ourika mourante. Ourika n'avait qu'eux dans la vie; mais eux n'avaient pas besoin d'Ourika : personne n'avait besoin d'elle! Cet affreux sentiment de l'inutilité de l'existence, est celui qui déchire le plus profondément le cœur : il me donna un tel dégoût de la vie, que je souhaitai sincèrement mourir de la maladie dont j'étais attaquée. Je ne parlais pas, je ne donnais presque aucun signe de connaissance, et cette seule pensée était bien distincte en moi : *je voudrais mourir*. Dans d'autres moments, j'étais plus agitée ; je me rappelais tous les mots de cette dernière conversation que j'avais eue avec Charles dans la forêt ; je le voyais nageant dans cette mer de délices qu'il m'avait dépeinte, tandis que je mourais abandonnée, seule dans la mort comme dans la vie. Cette idée me donnait une irritation plus pénible encore que la douleur. Je me créais des chimères pour satisfaire à ce nouveau sentiment ; je me représentais Charles arrivant à Saint-Germain ; on lui disait : Elle est morte. Eh bien ! le croiriez-vous ? je jouissais de sa douleur ; elle me vengeait ; et de quoi ? grand Dieu ! de ce qu'il avait été l'ange protecteur de ma vie ? Cet affreux sentiment me fit bientôt horreur ; j'entrevis que si la douleur n'était pas une faute, s'y livrer comme je le faisais pouvait être criminel. Mes idées prirent alors un autre cours ; j'essayai de me vaincre, de trouver en moi-même une force pour combattre les sentiments qui m'agitaient ; mais je ne la cherchais point, cette force, où elle était. Je me fis honte de mon ingratitude. Je mourrai, me disais-je, je veux mourir ; mais je ne veux pas laisser les passions haineuses approcher de mon cœur. Ourika est un enfant déshérité ; mais l'innocence lui reste : je ne la laisserai pas se flétrir[1] en moi par l'ingratitude. Je passerai sur la terre comme une ombre ; mais, dans le tombeau, j'aurai la paix. Ô mon Dieu ! ils sont déjà bien heureux : eh bien ! donnez-leur encore la part d'Ourika, et laissez-la

---

1. Se corrompre.

mourir comme la feuille tombe en automne. N'ai-je
donc pas assez souffert !

Je ne sortis de la maladie qui avait mis ma vie en
danger, que pour tomber dans un état de langueur[1]
où le chagrin avait beaucoup de part. Madame de B.
s'établit à Saint-Germain après le mariage de Charles ;
il y venait souvent accompagné d'Anaïs, jamais sans
elle. Je souffrais toujours davantage quand ils étaient
là. Je ne sais si l'image du bonheur me rendait plus
sensible ma propre infortune, ou si la présence de
Charles réveillait le souvenir de notre ancienne amitié ; je cherchais quelquefois à le retrouver, et je ne le
reconnaissais plus. Il me disait pourtant à peu près
tout ce qu'il me disait autrefois : mais son amitié présente ressemblait à son amitié passée, comme la fleur
artificielle ressemble à la fleur véritable : c'est la même
chose, hors la vie et le parfum.

Charles attribuait au dépérissement[2] de ma santé
le changement de mon caractère ; je crois que madame
de B. jugeait mieux le triste état de mon âme, qu'elle
devinait mes tourments[3] secrets, et qu'elle en était
vivement affligée : mais le temps n'était plus où je
consolais les autres ; je n'avais plus pitié que de moi-
même.

Anaïs devint grosse[4], et nous retournâmes à Paris :
ma tristesse augmentait chaque jour. Ce bonheur
intérieur si paisible, ces liens de famille si doux ! cet

---

1. Affaiblissement, abattement.
2. Affaiblissement, délabrement.
3. Terribles souffrances.
4. Tomba enceinte.

amour dans l'innocence, toujours aussi tendre, aussi passionné; quel spectacle pour une malheureuse destinée à passer sa triste vie dans l'isolement! à mourir sans avoir été aimée, sans avoir connu d'autres liens, que ceux de la dépendance et de la pitié! Les jours, les mois se passaient ainsi; je ne prenais part à aucune conversation, j'avais abandonné tous mes talents; si je supportais quelques lectures, c'étaient celles où je croyais retrouver la peinture imparfaite des chagrins qui me dévoraient. Je m'en faisais un nouveau poison, je m'enivrais de mes larmes; et, seule dans ma chambre pendant des heures entières, je m'abandonnais à ma douleur.

La naissance d'un fils mit le comble au bonheur de Charles; il accourut pour me le dire, et dans les transports de sa joie, je reconnus quelques accents de son ancienne confiance. Qu'ils me firent mal! Hélas! c'était la voix de l'ami que je n'avais plus! et tous les souvenirs du passé, venaient à cette voix, déchirer de nouveau ma plaie.

L'enfant de Charles était beau comme Anaïs; le tableau de cette jeune mère avec son fils touchait tout le monde: moi seule, par un sort bizarre, j'étais condamnée à le voir avec amertume; mon cœur dévorait cette image d'un bonheur que je ne devais jamais connaître, et l'envie, comme le vautour, se nourrissait dans mon sein. Qu'avais-je fait à ceux qui crurent me sauver en m'amenant sur cette terre d'exil? Pourquoi ne me laissait-on pas suivre mon sort? Eh bien! je serais la négresse esclave de quelque riche colon; brûlée par le soleil, je cultiverais la terre d'un autre: mais j'aurais mon humble cabane pour me retirer le soir; j'aurais un compagnon de ma vie, et des enfants de ma couleur, qui m'appelleraient leur mère! ils appuieraient sans dégoût leur petite bouche sur mon front; ils reposeraient leur tête sur mon cou, et s'endormiraient dans mes bras! Qu'ai-je fait pour être condamnée à n'éprouver jamais les affections pour lesquelles seules mon cœur est créé! Ô mon Dieu! ôtez-moi de ce monde; je sens que je ne puis plus supporter la vie.

À genoux dans ma chambre, j'adressais au Créateur cette prière impie[1], quand j'entendis ouvrir ma porte: c'était l'amie de madame de B., la marquise de..., qui était revenue depuis peu d'Angleterre, où elle avait passé plusieurs années[2]. Je la vis avec effroi arriver près de moi; sa vue me rappelait toujours que, la première, elle m'avait révélé mon sort; qu'elle m'avait ouvert cette mine de douleurs où j'avais tant puisé. Depuis qu'elle était à Paris, je ne la voyais qu'avec un sentiment pénible.

«Je viens vous voir et causer avec vous, ma chère Ourika, me dit-elle. Vous savez combien je vous aime depuis votre enfance, et je ne puis voir, sans une véritable peine, la mélancolie dans laquelle vous vous plongez. Est-il possible, avec l'esprit que vous avez, que vous ne sachiez pas tirer un meilleur parti de votre situation? — L'esprit, madame, lui répondis-je, ne sert guère, qu'à augmenter les maux véritables; il

---

1. Qui offense Dieu et la religion.

2. Pendant la Révolution et parfois jusqu'à la Restauration, de nombreux émigrés choisirent de s'établir en Angleterre (ce fut le cas de Claire de Duras et sa mère) où résidaient notamment les frères de Louis XVI, les futurs Louis XVIII et Charles X.

les fait voir sous tant de formes diverses ! — Mais,
reprit-elle, lorsque les maux sont sans remède, n'est-
ce pas une folie de refuser de s'y soumettre, et de
lutter ainsi contre la nécessité ? car enfin, nous ne
sommes pas les plus forts. — Cela est vrai, dis-je ;
mais il me semble que, dans ce cas, la nécessité est un
mal de plus. — Vous conviendrez pourtant, Ourika,
que la raison conseille alors de se résigner et de se
distraire. — Oui, madame ; mais, pour se distraire, il
faut entrevoir ailleurs l'espérance. — Vous pourriez
du moins vous faire des goûts et des occupations
pour remplir votre temps. — Ah ! madame, les goûts
qu'on se fait, sont un effort, et ne sont pas un plaisir.
— Mais, dit-elle encore, vous êtes remplie de talents.
— Pour que les talents soient une ressource, madame,
lui répondis-je, il faut se proposer un but ; mes talents
seraient comme la fleur du poète anglais*, qui perdait
son parfum dans le désert[1]. — Vous oubliez vos amis
qui en jouiraient. — Je n'ai point d'amis, madame ; j'ai
des protecteurs, et cela est bien différent ! — Ourika,
dit-elle, vous vous rendez bien malheureuse, et bien
inutilement. — Tout est inutile dans ma vie, madame,
même ma douleur. — Comment pouvez-vous prononcer un mot si amer ! vous, Ourika, qui vous êtes
montrée si dévouée, lorsque vous restiez seule à
madame de B. pendant la Terreur ? — Hélas ! madame,

---

*   *Born to blush unseen*
     And waste its sweetness in the desert air.

Gray.

1. Allusion à des vers de l'*Élégie écrite dans un cimetière de
campagne* de Thomas Gray (1716-1771), précurseur du romantisme anglais.

je suis comme ces génies malfaisants qui n'ont de pouvoir que dans les temps de calamités, et que le bonheur fait fuir. — Confiez-moi votre secret, ma chère Ourika; ouvrez-moi votre cœur; personne ne prend à vous plus d'intérêt que moi, et peut-être que je vous ferai du bien. — Je n'ai point de secret, madame, lui répondis-je, ma position et ma couleur sont tout mon mal, vous le savez. — Allons donc, reprit-elle, pouvez-vous nier que vous renfermez au fond de votre âme une grande peine? Il ne faut que vous voir un instant pour en être sûr.» Je persistai à lui dire ce que je lui avais déjà dit; elle s'impatienta, éleva la voix; je vis que l'orage allait éclater. «Est-ce là votre bonne foi, dit-elle? cette sincérité pour laquelle on vous vante? Ourika, prenez-y garde; la réserve quelquefois conduit à la fausseté. — Eh! que pourrais-je vous confier, madame, lui dis-je, à vous surtout qui, depuis si longtemps avez prévu quel serait le malheur de ma situation? À vous, moins qu'à personne, je n'ai rien de nouveau à dire là-dessus. — C'est ce que vous ne me persuaderez jamais, répliqua-t-elle; mais puisque vous me refusez votre confiance, et que vous assurez que vous n'avez point de secret, eh bien! Ourika, je me chargerai de vous apprendre que vous en avez un. Oui, Ourika, tous vos regrets, toutes vos douleurs ne viennent que d'une passion malheureuse, d'une passion insensée; et si, vous n'étiez pas folle d'amour pour Charles, vous prendriez fort bien votre parti d'être négresse. Adieu, Ourika, je m'en vais, et, je vous le déclare, avec bien moins d'intérêt pour vous que je n'en avais apporté en venant ici.» Elle sortit en achevant ces paroles. Je demeurai anéantie. Que venait-elle de me révéler! Quelle lumière affreuse avait-elle jetée sur l'abîme de mes douleurs! Grand Dieu! c'était comme la lumière qui pénétra une fois au fond des enfers, et qui fit regretter les ténèbres à ses malheureux habitants. Quoi! j'avais une passion criminelle! c'est elle qui, jusqu'ici, dévorait mon cœur! Ce désir de tenir ma place dans la chaîne des êtres, ce besoin des affections de la nature, cette douleur de l'isolement, c'étaient les regrets d'un amour coupable! et lorsque je croyais envier l'image du bonheur, c'est le bonheur lui-même qui était l'objet de mes vœux impies! Mais qu'ai-je donc fait pour qu'on puisse me croire atteinte de cette passion sans espoir? Est-il donc impossible d'aimer plus que sa vie avec innocence? Cette mère qui se jeta dans la gueule du lion pour sauver son fils, quel sentiment l'animait? Ces frères, ces sœurs qui voulurent mourir ensemble sur l'échafaud, et qui priaient Dieu avant d'y monter, était-ce donc un amour coupable qui les unissait? L'humanité seule ne produit-elle pas tous les jours des dévouements sublimes? Pourquoi donc ne pourrais-je aimer ainsi Charles, le compagnon de mon enfance, le protecteur de ma jeunesse?... Et cependant, je ne sais quelle voix crie au fond de moi-même, qu'on a raison, et que je suis criminelle. Grand Dieu! je vais donc recevoir aussi le remords dans mon cœur désolé! Il faut qu'Ourika connaisse tous les genres d'amertume, qu'elle épuise toutes les douleurs! Quoi! mes larmes désormais seront coupables! il me sera défendu de penser à lui! quoi! je n'oserai plus souffrir!

Ces affreuses pensées me jetèrent dans un accablement qui ressemblait à la mort. La même nuit, la fièvre me prit, et, en moins de trois jours, on désespéra de ma vie : le médecin déclara que, si l'on voulait me faire recevoir mes sacrements[1], il n'y avait pas un instant à perdre. On envoya chercher mon confesseur ; il était mort depuis peu de jours. Alors madame de B. fit avertir un prêtre de la paroisse ; il vint et m'administra l'extrême-onction[2], car j'étais hors d'état de recevoir le viatique[3] ; je n'avais aucune connaissance, et on attendait ma mort à chaque instant. C'est sans doute alors que Dieu eut pitié de moi ; il commença par me conserver la vie : contre toute attente, mes forces se soutinrent. Je luttai ainsi environ quinze jours ; ensuite la connaissance me revint. Madame de B. ne me quittait pas, et Charles paraissait avoir retrouvé pour moi son ancienne affection. Le prêtre continuait à venir me voir chaque jour, car il voulait profiter du premier moment pour me confesser : je le désirais moi-même ; je ne sais quel mouvement me portait vers Dieu, et me donnait le besoin de me jeter dans ses bras et d'y chercher le repos. Le prêtre reçut l'aveu de mes fautes : il ne fut point effrayé de l'état de mon âme ; comme un vieux matelot, il connaissait toutes ces tempêtes. Il commença par me rassurer sur cette passion dont j'étais

---

1. Rites sacrés du catholicisme par lesquels Dieu donne sa grâce au fidèle. Le médecin évoque ici plus particulièrement les derniers sacrements, qui préparent le chrétien à la mort.
2. Sacrement qui consiste à oindre un mourant d'une huile bénite.
3. Sacrement de l'eucharistie (commémoration du sacrifice du Christ) administré à un mourant.

accusée : « Votre cœur est pur, me dit-il : c'est à vous seule que vous avez fait du mal ; mais vous n'en êtes pas moins coupable. Dieu vous demandera compte de votre propre bonheur qu'il vous avait confié ; qu'en avez-vous fait ? Ce bonheur était entre vos mains, car il réside dans l'accomplissement de nos devoirs ; les avez-vous seulement connus ? Dieu est le but de l'homme : quel a été le vôtre ? Mais ne perdez pas courage ; priez Dieu, Ourika : il est là, il vous tend les bras ; il n'y a pour lui ni nègres ni blancs : tous les cœurs sont égaux devant ses yeux, et le vôtre mérite de devenir digne de lui. » C'est ainsi que cet homme respectable encourageait la pauvre Ourika. Ces paroles simples portaient dans mon âme je ne sais quelle paix que je n'avais jamais connue ; je les méditais sans cesse, et, comme d'une mine féconde, j'en tirais toujours quelque nouvelle réflexion. Je vis qu'en effet je n'avais point connu mes devoirs : Dieu en a prescrit aux personnes isolées comme à celles qui tiennent au monde ; s'il les a privées des liens du sang, il leur a donné l'humanité tout entière pour famille. La sœur de la charité, me disais-je, n'est point seule dans la vie, quoiqu'elle ait renoncé à tout ; elle s'est créé une famille de choix ; elle est la mère de tous les orphelins, la fille de tous les pauvres vieillards, la sœur de tous les malheureux. Des hommes du monde n'ont-ils pas souvent cherché un isolement volontaire ? Ils voulaient être seuls avec Dieu ; ils renonçaient à tous les plaisirs pour adorer, dans la solitude, la source pure de tout bien et de tout bonheur ; ils travaillaient, dans le secret de leur pensée, à rendre leur âme digne de se présenter devant le Seigneur. C'est pour vous, ô mon

Dieu! qu'il est doux d'embellir ainsi son cœur, de le parer, comme pour un jour de fête, de toutes les vertus qui vous plaisent. Hélas! qu'avais-je fait? Jouet insensé des mouvements involontaires de mon âme, j'avais couru après les jouissances de la vie, et j'en avais négligé le bonheur. Mais il n'est pas encore trop tard; Dieu, en me jetant sur cette terre étrangère, voulut peut-être me prédestiner à lui; il m'arracha à la barbarie, à l'ignorance; par un miracle de sa bonté, il me déroba aux vices de l'esclavage, et me fit connaître sa loi: cette loi me montre tous mes devoirs; elle m'enseigne ma route: je la suivrai, ô mon Dieu! je ne me servirai plus de vos bienfaits pour vous offenser, je ne vous accuserai plus de mes fautes.

Ce nouveau jour sous lequel j'envisageais ma position fit rentrer le calme dans mon cœur. Je m'étonnais de la paix qui succédait à tant d'orages: on avait ouvert une issue à ce torrent qui dévastait ses rivages, et maintenant il portait ses flots apaisés dans une mer tranquille.

Je me décidai à me faire religieuse. J'en parlai à madame de B.; elle s'en affligea, mais elle me dit: «Je vous ai fait tant de mal en voulant vous faire du bien, que je ne me sens pas le droit de m'opposer à votre résolution.» Charles fut plus vif dans sa résistance; il me pria, il me conjura de rester; je lui dis: «Laissez-moi aller, Charles, dans le seul lieu où il me soit permis de penser sans cesse à vous...»

Ici la jeune religieuse finit brusquement son récit. Je continuai à lui donner des soins: malheureusement ils furent inutiles; elle mourut à la fin d'octobre; elle tomba avec les dernières feuilles de l'automne.

Du tableau

au texte

Alain Jaubert

Du tableau au texte

Le Contraste
de Jacques-Laurent Agasse

… la partie du marché dévolue aux fleurs…

Une scène de rue. Dans l'embrasure d'une boutique, une petite fille intriguée observe la scène représentée au premier plan. Une jeune fille noire est assise sur un panier. Elle sourit à une jeune Blanche qui, semble-t-il, vient de s'adresser à elle en riant. Cette dernière porte son panier plein de fleurs sur la tête. Nous sommes sans doute dans un marché. Peut-être même la partie du marché dévolue aux fleurs, si l'on en juge par les plantes posées sur le sol à droite et par la pompe à eau au bord du trottoir. À l'arrière-plan, le va-et-vient des charrettes, l'une est chargée de foin, un chien qui aboie, un homme qui porte peut-être des boisseaux d'avoine pour les chevaux. Le ciel est bleu, légèrement nuageux. Le store de la boutique proche a été baissé. C'est une journée chaude et ensoleillée de printemps ou d'été. Le tableau, qui mesure 92 centimètres sur 70,5, a été présenté à la Royal Academy, à Londres, lors de l'exposition annuelle de 1829. Il est signé Jacques-Laurent Agasse. Il appartient aujourd'hui aux collections du musée des Beaux-Arts de Berne (Suisse).

… Agasse avait peint le chien favori d'un riche Anglais…

Jacques-Laurent Agasse est né à Genève en 1767. Il étudie le dessin dans sa ville natale. À vingt ans, il vient à Paris et fréquente l'atelier de David. En même temps, il étudie au Muséum afin d'acquérir les éléments d'anatomie des animaux. Il quitte la France au moment de la Révolution et regagne Genève. Un article de 1808 nous apprend que, rentré en Suisse après son séjour à Paris, Agasse avait peint le chien favori d'un riche Anglais, George Pitt, futur lord Rivers. Ce dernier fut si ravi par le tableau qu'il emmena le peintre avec lui en Angleterre. Agasse s'établit à Londres en 1800, où il se fit une grande réputation comme peintre animalier. Surtout les chiens et les chevaux. C'était une tradition depuis le début de la Renaissance : les princes demandaient souvent aux peintres de leur cour de faire le portrait des animaux qu'ils affectionnaient particulièrement. Certains amateurs de chiens de chasse ou de pur-sang possédaient ainsi des galeries entières de tableaux d'animaux. Ce genre pictural assez spécial a long-temps persisté chez les aristocrates britanniques. Et l'on peut même voir à la National Gallery de Londres ou dans d'autres musées des chevaux peints gran-deur nature, sans cavalier, sans harnachement, nus en quelque sorte ! Mais Agasse peignit encore des animaux sauvages qu'il allait observer dans les zoos britanniques, comme la girafe, et qu'il s'attachait même à représenter grandeur nature ! Durant les quarante-cinq années de sa vie en Angleterre, il est régulièrement présent à l'exposition annuelle de la

Royal Academy, l'équivalent britannique du Salon parisien. Agasse s'est spécialisé aussi dans les portraits d'enfants, de très charmants tableautins, qui furent beaucoup exploités au XIXᵉ siècle comme cartes de vœux, cartes postales ou illustrations de livres. Il a peint aussi des vues de la Tamise et des environs de Londres ainsi que diverses scènes de genre : *Accostage au pont de Westminster*, *Le Dernier Arrêt sur la route de Portsmouth*, *Le Marchand de fleurs*, *La Poissonnerie*, *La Foire de campagne...*

... la foule des artistes d'une époque, qui participent à la formation du bon et du mauvais goût...

Agasse, apprécié par quelques amateurs en son temps mais un peu oublié depuis, appartient à cette frange d'artistes dont on gomme le plus souvent la présence massive dans l'histoire. Contemporains de Constable, de Turner, de Füssli et de quelques autres peintres célèbres à Londres à la même époque, des centaines, peut-être même des milliers de peintres, anglais ou étrangers, beaucoup moins connus, voire presque ignorés, forment cependant la foule des artistes d'une époque, et participent à la formation du bon et du mauvais goût. Leurs œuvres tapissent chaque année les hauts murs, les dessus-de-porte, les voûtes même de Somerset House où se tient l'exposition de la Royal Academy. Certains ont leur clientèle fidèle, d'autres emplissent leurs ateliers de leurs tableaux invendus. Ils suivent le plus souvent les modes. Ils sont les acteurs et les témoins des luttes de pouvoir, des révolutions esthétiques, des guerres plus ou moins vives qui agitent le monde des beaux arts. À partir de ces temps post-révolutionnaires, c'est l'Europe tout entière qui est le champ de ces courants artistiques. Turner dessine en France, en Allemagne, en Italie, en Suisse. Géricault expose son *Radeau de la Méduse* à Londres. David s'exile en Belgique, Goya à Bordeaux. Les peintres et les artistes sont parmi les premiers Européens.

... le dernier navire négrier abordera à Cuba en 1867...

Et parfois, un tableau signé par un petit maître peut être en prise directe avec l'actualité. C'est le cas de ce tableau d'Agasse qui, sous couvert d'une scène de genre charmante et d'apparence anodine, entre dans le vif d'un problème social et politique qui trouble alors l'Europe. Le mouvement anti-esclavagiste, le plus souvent d'inspiration religieuse, a été très vigoureux au Royaume-Uni au cours du XVIIIe siècle. Des pétitions ont réuni des centaines de milliers de signatures. En 1807, l'interdiction de la traite négrière est votée à une très large majorité par la Chambre des communes (ce qui ne l'empêchera pas de durer encore de nombreuses années). Après 1807, la Grande-Bretagne tente de mener une campagne pour l'abolition. Vers 1820, à Londres, première ville mondiale pour la population — un million d'habitants —, il y a 75 000 Noirs. Les questions liées à la traite et à l'esclavage deviennent des thèmes constants de l'actualité et le resteront jusque bien après le milieu du siècle (le dernier navire négrier abordera à Cuba en 1867!). De même, les débats sur l'immigration, sur la différence entre les races, sur la supériorité ou l'infériorité des uns ou des autres se prolongeront tout au long du siècle. Les Noirs londoniens, s'ils ne sont pas esclaves comme dans les plantations des colonies, occupent cependant des fonctions très modestes : jardiniers, valets, cuisiniers, balayeurs, dockers, conducteurs de voitures à cheval, palefreniers, pour les hommes. Servantes d'auberge, cuisinières, dames de compagnie, bouquetières, prostituées, pour les femmes.

... Ni soumis ni modeste, il se tient droit...

Il y avait bien des représentations de Noirs dans la peinture classique, mais ils tenaient le plus souvent les rôles secondaires qui étaient déjà les leurs dans les diverses sociétés européennes. Serviteurs chez Véronèse ou Rubens, négrillons de compagnie chez Tiepolo... Peu à peu, les mentalités changent. Les Noirs deviennent des individus à part entière, dignes de figurer au premier plan. Deux réussites exceptionnelles en témoignent. D'abord, le portrait du député de la Convention Jean-Baptiste Belley par Anne-Louis Girodet. Magnifique représentant de Saint-Domingue, Belley, accoudé au socle du buste de l'abbé Raynal, l'un des premiers théoriciens de l'émancipation des peuples de couleur, est montré dans une pose qui tranche avec les représentations habituelles des hommes d'origine africaine. Ni soumis ni modeste, il se tient droit, dans son costume de député, avec juste ce qu'il faut de décontraction pour prouver qu'il est un homme mûr, réfléchi, l'égal de ceux avec qui il siège. Ce portrait, exposé à

Paris en 1797 et 1798, suscita une grande curiosité dans le public.

… il restitue au personnage sa dignité de femme et de femme noire…

Autre représentation, un *Portrait d'une négresse* de Marie-Guillemine Benoist (1800) : une femme, torse nu, nous regarde. Elle est très belle, elle est sérieuse, elle est fière… Elle est surtout entièrement hors des normes du nu voyeur classique comme du portrait-charge. À lui seul, ce tableau, qui suit de peu celui de Girodet, est un véritable manifeste : il restitue au personnage sa dignité de femme et de femme noire. Par la suite, il y aura beaucoup de représentations de Noirs dans la peinture, à commencer par celles de Géricault. Celui qui se dresse au sommet de la pyramide humaine dans *Le Radeau de la Méduse* est un Noir. Il brandit très haut un linge qui est comme le drapeau de ce nouveau thème de la liberté, l'émancipation des peuples d'outre-mer. À cette même époque, les Africains et métis des îles entrent dans la littérature, comme en témoignent divers récits ou romans, en particulier l'*Ourika* de Mme de Duras.

… les costumes et les accessoires sont pensés en termes d'opposition…

Le tableau d'Agasse est plus modeste que les portraits de Girodet et de Benoist. Mais non moins énigmatique. Agasse avait remarqué au marché d'Hungerford une petite vendeuse de fleurs d'origine africaine que les gens du coin, par dérision, avaient surnommée «Albinos». Il en fit un joli portrait, aujourd'hui au musée d'Art et d'Histoire de Genève. Il a l'idée de reprendre son personnage dans *Le Contraste*. En choisissant ce titre, le peintre joue avec toutes les acceptions du mot. La jeune fille blanche et la jeune fille noire ne s'opposent pas seulement par la couleur de leur peau. Toute la scène, les costumes et les accessoires sont pensés en termes d'opposition. Fille assise, fille debout. Panier vide contre panier plein. Chapeau blanc, tablier blanc pour la Noire, chapeau noir, tablier noir pour la Blanche. La première est tirée à quatre épingles, la seconde est débraillée. Robe impeccable contre robe effrangée et rapiécée. Col fermé pour l'une, profond décolleté pour l'autre. Manches longues contre manches courtes. Bas bien tirés, bas floches. Chaussures, savates. N'y aurait-il que ces couples d'opposition systématiques, d'allure presque rhétorique, que l'image paraîtrait déjà bien étrange.

... les deux jeunes filles se ressemblent en tout — jeunesse, gentillesse, grâce...

Agasse a soigneusement distribué ses détails, en les opposant deux à deux. Blanc et noir, c'est une des dichotomies classiques, que ce soit au jeu d'échecs ou dans les représentations du bien et du mal. D'une part, le peintre montre que les deux jeunes filles se ressemblent en tout — jeunesse, gentillesse, grâce — sauf la couleur de la peau. D'autre part, il les oppose de toutes les manières possibles. Les contrastes qui donnent leur titre au tableau sont donc censés refléter cette différence, fondamentale dans l'esprit des gens, entre les couleurs de peau. Mais, dans sa démonstration, Agasse change les termes auxquels on s'attendait : la Blanche, vêtue de haillons, est apparemment pauvre alors que la Noire est plus soignée. Cette impression est redoublée par le fait que la Blanche semble n'avoir rien vendu du contenu de son panier, alors que la Noire n'a plus rien dans le sien. Est-ce pour autant le signe d'une disparité de fortune entre les deux ? Certainement pas. On peut imaginer que si la jeune fille noire est mieux vêtue, c'est qu'elle est une domestique ou une fille au service d'un marchand de fleurs plus opulent. Alors que l'autre est une bouquetière indépendante. Serait-ce donc la mise en parallèle de la servitude et de la liberté ? S'il tente de reconstituer jusqu'au bout l'intrigue de cette petite scène, le spectateur perspicace comprendra qu'il n'en est rien. Ce que nous donne à voir Agasse, ce sont deux faces d'une même servitude, ou aliénation, comme dira un peu plus tard un certain Karl Marx, en ce même lieu, Londres. La grâce, le sourire, la gentillesse ne sont parfois que des masques jetés sur les dessous brutaux de la société...

Le texte

en perspective

Virginie Belzgaou

Mouvement littéraire

Ourika, entre tradition et modernité

SINGULIER DESTIN que celui d'*Ourika* : avant de sombrer dans un profond oubli dont il n'est que récemment sorti, ce roman obtint à sa parution, en 1824, un formidable succès, se mesurant non seulement au nombre d'exemplaires vendus, mais aussi à la vogue des objets «à l'Ourika», rubans, blouses, colliers, pendules, etc. ; Louis XVIII fait par exemple réaliser un vase représentant Ourika.

Cette œuvre, qui arracha des larmes à Goethe, eut un tel succès notamment parce qu'elle réconcilia dans une admiration unanime les défenseurs d'un classicisme moribond et les promoteurs du romantisme. Tous ceux qui rendirent hommage à *Ourika* et son auteur célébrèrent le pont jeté entre tradition classique et modernité romantique. Émile Deschamps écrit ainsi en mai 1824 dans *La Muse française,* journal qu'il a fondé avec Victor Hugo, que le «charme qui règne dans cette délicieuse production semble l'avoir placée en dehors de toutes les discussions littéraires». Dans ses *Mémoires d'outre-tombe,* Chateaubriand associe son amie à deux figures féminines emblématiques du classicisme et du romantisme, Mme de Lafayette et Mme de Staël.

1.
L'héritage classique

1. *Un roman bref*

Dans la chronique qu'il consacre à *Ourika*, Stendhal accorde à l'œuvre « un mérite incontestable, celui d'être court ». La brièveté du récit est telle qu'elle le situe aux frontières du roman et de la nouvelle, si bien que Marc Fumaroli qualifie l'œuvre de « roman-nouvelle ». Mme de Duras semble appliquer au genre romanesque l'idéal racinien de « simplicité merveilleuse » qui « consiste à faire quelque chose de rien » (Préface de *Bérénice*), auquel elle fait peut-être allusion lorsque l'héroïne dit à propos de Mme de B. : « C'est le propre des esprits supérieurs, de faire quelque chose de rien. »

L'action d'*Ourika* est « simple, chargée de peu de matière » (Préface de *Britannicus*). Cinq personnages principaux suffisent à nouer une intrigue, marquée par quelques scènes : le bal, la conversation entre Mme de B. et la marquise, la conversation entre la marquise et Ourika, la confession d'Ourika qui scelle sa vocation religieuse. Quelques lieux suffisent au déploiement de l'action. Le personnel romanesque est, en dehors des figurants, aussi réduit que celui d'une tragédie classique et la simplicité de l'action se conjugue à une relative unité de lieu.

2. *Symétrie et sobriété*

Ce «peu de matière» est structuré selon une symétrie classique. Le récit d'Ourika est scandé par deux conversations, deux scènes de révélation symétriques : celle de l'altérité qui fait d'Ourika une étrangère au sein de l'aristocratie à laquelle elle croyait être assimilée, puis celle de la passion pour Charles qui l'empêche de chercher le bonheur en dehors de cette aristocratie. Au centre du récit, l'épisode de la Terreur offre paradoxalement un intermède consolateur d'intégration : retirée à Saint-Germain, Ourika peut oublier la société qui l'exclut et jouir innocemment de la compagnie de Charles dont le mariage n'est pas encore décidé. Aux deux extrémités de la narration, l'espoir d'intégration que représente «l'adoption» d'Ourika par Mme de B. est démenti par la décision d'entrer au couvent, approuvée par l'aristocrate qui reconnaît ainsi l'échec de l'entreprise qui a consisté à élever Ourika «comme si elle était [sa] fille».

Claire de Duras reste fidèle à une économie descriptive toute classique : nul portrait, les lieux ne sont rapidement évoqués que pour situer l'action sans planter un décor à proprement parler. Si un objet retient l'attention, tel le paravent du salon de Mme de B., c'est qu'il prend une valeur symbolique ; à l'heure du culte romantique de la nature, les promenades dans la forêt de Saint-Germain ne sont pas l'occasion de célébrations lyriques des beautés du paysage.

Le style de Claire de Duras, loin des périodes exaltées des enchanteurs romantiques, est d'une remarquable sobriété, comme le souligne Sainte-Beuve qui en loue le « naturel », qualité éminemment classique : « pas de manière, […] des contours très purs […] jamais d'emportement ni d'exubérance, non plus qu'en une conversation polie ».

3. *L'art de l'analyse et de la maxime*

La comparaison du style de Claire de Duras à celui d'une « conversation polie » rappelle implicitement ce que le classicisme doit à l'art de la conversation, qui s'épanouit dans les salons aristocratiques des Précieuses et de leurs héritières des xviiie et xixe siècles, parmi lesquelles Mme de Duras elle-même. Celle-ci semble rendre hommage à cette tradition mondaine, en mettant en scène Ourika au sein du salon de Mme de B., à l'écoute de la « conversation des hommes les plus distingués de ce temps-là » et se pénétrant ainsi du « bon goût ». En pleine Terreur, Mme de B., dont la société se réduit à Ourika, Charles et un vieil abbé, perpétue la tradition précieuse des controverses psychologiques :

> Un soir, la conversation s'était établie sur la pitié, et on se demandait si les chagrins inspirent plus d'intérêt par leurs résultats ou par leurs causes.

L'abstraction du style et sa clarté sont au service d'une analyse psychologique dont sont emblématiques les maximes qui ponctuent le récit. La confidence personnelle s'efface devant la vérité générale qu'elle met au jour. À l'heure du culte du « moi », Mme de Duras vise à l'universalité. L'art de la romancière hérite de la tradition des moralistes classiques, comme le souligne Stendhal dans l'article qu'il consacre à la duchesse après sa mort :

> Les romans de Mme de Duras sont parsemés d'observations dont la finesse ne déshonorerait pas un La Bruyère.

2.
L'héritage des Lumières

1. *Le renouveau du mouvement abolitionniste sous la Restauration*

Mais le personnage éponyme est rien moins que classique, inédit même : Ourika est la première grande héroïne noire de la littérature occidentale, une Sénégalaise qui n'échappe à l'esclavage que par l'intervention du chevalier de B. Par ce choix, *Ourika* se rattache au combat des Lumières en faveur des Noirs. Les colons ne s'y trompèrent pas, à en croire la lettre adressée à Alexander von Humboldt (célèbre naturaliste et explorateur allemand, l'un des hôtes du salon de Mme de Duras) par un correspondant de la Martinique :

> Le commerce clandestin de chair humaine va à merveille, les colons regardent chaque Français récemment arrivé comme un négrophile et le spirituel et généreux auteur d'*Ourika* est accusé à chaque instant ici d'avoir rendu intéressante dans son détestable roman une négresse…

Mme de Duras publie *Ourika* dans une période de réactivation du combat en faveur des esclaves. La traite avait été interdite pendant les Cent-Jours, puis à nouveau en 1818, mais les autorités ne mettant guère de zèle à appliquer les sanctions, le « commerce

clandestin de chair humaine » pouvait continuer
d'aller « à merveille ». En 1821 est fondée une Société
de la Morale Chrétienne qui lutte pour un arrêt
effectif de la traite (avant d'œuvrer, à partir de 1829,
pour l'abolition de l'esclavage lui-même). Cette
société philanthropique réunit les grands noms de
l'opposition libérale : le duc de Broglie, Auguste de
Staël, Benjamin Constant — respectivement gendre,
fils et amant de Mme de Staël, elle-même auteur en
1814 d'un *Appel aux Souverains réunis à Paris pour en
obtenir l'abolition de la traite des nègres* — et même le
duc d'Orléans, futur Louis-Philippe. L'arrivée au
pouvoir de cette opposition après la révolution de
juillet 1830 permettra la mise en place de contrôles
et de sanctions plus dissuasifs ; il faudra cependant
attendre la révolution de 1848 pour que l'esclavage
lui-même soit aboli. Les années qui précèdent la
parution d'*Ourika* sont marquées par les discours
contre la traite du duc de Broglie et de Benjamin
Constant à la Chambre des pairs et à la Chambre des
députés. En 1823, le sujet du concours annuel de
poésie organisé par l'Académie française est « L'abolition de la traite des Noirs ».

2. *La remise en cause du « préjugé de couleur »*

Mme de Duras ne met pas en scène les horreurs
de l'esclavage lui-même, les épisodes topiques (la
vente ou la capture, la traversée, l'exploitation sur la
plantation) de la littérature anti-esclavagiste. Elle
s'attaque à la légitimation de l'esclavage des Noirs,
qui argue de la servitude naturelle d'une « race »
tenue pour inférieure, sinon étrangère même à l'es-

pèce humaine. La marquise du roman se fait l'écho de cette idéologie : sauver Ourika de l'esclavage, prétendre en faire une jeune fille de l'aristocratie française, c'est « avoir brisé l'ordre de la nature », empêché Ourika de « rempli[r] sa destinée » : celle d'esclave.

Mais le personnage d'Ourika est au contraire une défense et illustration de la pleine humanité des Noirs. Sans qu'elle se distingue par la naissance princière des héros noirs qui la précèdent dans l'histoire de la littérature occidentale, aucune infériorité naturelle ne met en échec l'éducation que lui dispense Mme de B. : « entourée […] des personnes les plus spirituelles et les plus aimables », Ourika devient « l'enfant le plus spirituel et le plus aimable » ; le parallélisme souligne l'homologie parfaite entre la petite négresse et l'élite aristocratique. La marquise doit elle-même reconnaître qu'Ourika est devenue le digne reflet de Mme de B. : « son esprit est tout à fait formé, elle causera *comme* vous, elle est pleine de talents… » ; Mme de B. va jusqu'à prêter à Ourika une supériorité naturelle : « en faire une personne commune : je crois sincèrement que cela était impossible ». Ourika dément tous les stéréotypes de la construction esclavagiste de la figure du Noir, et de la femme noire en particulier, qui réduisent l'Africain(e) à un corps et lui prêtent une sexualité débridée. Dès son plus jeune âge, Ourika « n'[a] rien de la turbulence des enfants », elle est « pensive avant de penser » ; en grandissant, elle s'illustre par son esprit et sa vocation de religieuse lui confère une virginité sans tache.

3. *La réhabilitation de la civilisation africaine*

Mme de Duras ne se contente pas de dresser le portrait d'une brillante jeune femme noire. L'épisode du bal, du « quadrille des quatre parties du monde », réintègre l'Afrique dans l'espace de la civilisation. Pour permettre à Ourika de représenter sa terre natale, le « continent noir » fait l'objet d'une sérieuse enquête ethnographique :

> On consulta les voyageurs, on feuilleta des livres de costumes, on lut des ouvrages savants sur la musique africaine.

La *comba*, loin d'illustrer l'énergie effrénée d'une « race » sauvage, se signale par sa retenue et exprime toute la palette des sentiments universels, comme le soulignent les articles définis à valeur générique :

> La danse [...] se composait d'un mélange d'attitudes et de pas mesurés ; on y peignait l'amour, la douleur, le triomphe, le désespoir.

Pour apprécier cette représentation d'une danse africaine, il n'est que de la comparer à la *chica* du *Bug-Jargal* de Victor Hugo (1826) :

> Vous ignorez peut-être qu'il existe parmi les noirs de diverses contrées de l'Afrique des nègres, doués de je ne sais quel grossier talent de poésie et d'improvisation qui ressemble à la folie. [...] On les appelle *griots*. Leurs femmes, les griotes, possédées comme eux d'un démon insensé, accompagnent les chansons barbares de leurs maris par des danses lubriques, et présentent une parodie grotesque des bayadères de l'Hindoustan et des almées égyptiennes. [...] je les vis, non sans surprise, détacher toutes

> ensemble leur tablier de plumes, les jeter sur l'herbe,
> et commencer autour de moi cette danse lascive
> que les noirs appellent la *chica*.
> Cette danse, dont les attitudes grotesques et la vive
> allure n'expriment que le plaisir et la gaieté, emprun-
> tait ici de diverses circonstances accessoires un carac-
> tère sinistre.

Surtout, Mme de Duras « a rendu intéressante »
une négresse, en en faisant non l'objet d'un spectacle
exotique, mais un sujet, la narratrice à la première
personne de sa propre histoire. Selon le romancier
anglais John Fowles, *Ourika* représente « la première
tentative sérieuse de la part d'un romancier blanc
pour entrer dans une conscience noire » ; c'est aussi
permettre, pour la première fois, à un lecteur blanc
de s'identifier à un tel personnage.

4. *L'insurrection de Saint-Domingue*

Doit-on pour autant considérer *Ourika* comme
une œuvre anti-esclavagiste ? L'esclavage lui-même
n'est évoqué qu'à quelques reprises au cours du
récit, et ces mentions ne sont pas sans ambiguïté.

Ainsi le récit de l'embarquement est-il d'une remarquable sobriété, seuls les « cris » d'Ourika introduisent une légère touche de pathétique. Lorsque
Ourika évoque à la fin de son récit « les vices de l'esclavage », elle se fait l'écho de l'idée selon laquelle
les Noirs, loin d'être naturellement mauvais, comme
la propagande esclavagiste les en accuse, sont cor-
rompus par l'esclavage. Mais Ourika fait référence à
l'insurrection des esclaves de Saint-Domingue de
1791 en n'en retenant que les « massacres » qui lui
inspirent la « honte d'appartenir à une race de

barbares et d'assassins». Cette insurrection s'accompagna en effet de violences qui devaient porter pour longtemps un coup fatal à la «négrophilie» des Lumières. Ainsi Chateaubriand écrit-il dans *Génie du christianisme*: «Qui oserait encore plaider la cause des Noirs après les crimes qu'ils ont commis?» Mais d'autres voix s'élevèrent pour contrebalancer l'exploitation de ces massacres par la propagande esclavagiste. Comparant les esclaves aux Jacobins dans ses *Considérations sur la Révolution française* (parution posthume en 1818), Mme de Staël écrit :

> Si les nègres de Saint-Domingue ont commis bien plus d'atrocités encore, c'est qu'ils avaient été plus opprimés. Les fureurs des révoltes donnent la mesure des vices des institutions.

Sophie Doin, dans l'introduction à *La Famille noire ou la Traite et l'esclavage* (1825), défend de façon plus lyrique et radicale la violence des esclaves insurgés :

> Les blancs se sont plaints amèrement des horribles représailles commises par les noirs, lors des massacres de Saint-Domingue. J'ai vu des témoins de ces désastres sanglants; j'ai lu les plaintes non moins amères des noirs insurgés. Oui, leurs vengeances furent souvent atroces; mais qui leur donna l'exemple de ces cruautés qui font frémir la nature? Qui leur enseigna ces traitements barbares qui révoltent les cœurs les plus indifférents au spectacle des souffrances humaines? Qui, pendant quatre siècles, essaya tour à tour sur eux des supplices variés avec un génie infernal et une inconcevable férocité? Qui? Les blancs. […] Eh bien! cette foudre vengeresse, c'est cet élan de l'indignation; il conduit à la fureur, à l'égarement, au délire, mais il enfante la liberté. Blancs, ces esclaves forcenés, vous seuls avez détruit leur raison; mais qu'aviez-vous fait de la

> vôtre ? leurs terribles vengeances ne furent que des éclairs, et vous vouliez faire peser sur eux d'éternels orages ! quatre siècles de malédictions s'élèvent contre vous, et vous parlez de représailles ! ! ! ! !

5. Une éducation européenne

Lorsque Ourika imagine la vie qu'elle mènerait si le chevalier de B. ne l'avait pas arrachée au négrier, le tableau de la condition d'esclave peut paraître bien idyllique :

> Je serais la négresse esclave de quelque riche colon ; brûlée par le soleil, je cultiverais la terre d'un autre : mais j'aurais mon humble cabane pour me retirer le soir ; j'aurais un compagnon de ma vie, et des enfants de ma couleur, qui m'appelleraient leur mère.

Alors même que l'emploi du terme « compagnon » au lieu de « mari » suggère une connaissance assez précise des relations dans les plantations coloniales — les mariages étaient très rares —, la touchante scène domestique dépeinte par Ourika masque pour une part la réalité de l'esclavage : il ne se prêtait guère à la constitution de cellules familiales durables, conjoints, parents et enfants pouvant à tout moment être séparés par la vente de l'un d'entre eux ; le taux de natalité des femmes esclaves était assez bas et la mortalité infantile supérieure à la moyenne de l'époque.

Par ailleurs, les références d'Ourika à sa terre natale sont négatives : elle évoque sa « patrie barbare » et les « sauvages qui l'habitent », et, à la fin de son récit, « la barbarie » et « l'ignorance » auxquelles Dieu l'a arrachée.

Mais peut-être faut-il attribuer ces ambiguïtés appa-
rentes moins au « retour d'un refoulé » esclavagiste
de Mme de Duras (héritière d'une fortune coloniale
en même temps que fille de l'auteur d'un plan d'affranchissement progressif des esclaves), qu'à la cohé-
rence de la romancière : élevée au sein d'une
aristocratie blanche, Ourika n'a pas seulement assi-
milé sa culture, son « bon goût », mais également ses
préjugés.

6. Les Lumières à l'épreuve de l'Histoire

Ourika se rattache aussi à la tradition des Lumières
en reprenant le procédé qui consiste à introduire
dans une société un personnage qui lui est extérieur
et la soumettre à l'épreuve du regard étranger. Le
roman s'inscrit ainsi dans le sillage des *Lettres persanes*
(1721) de Montesquieu, des *Lettres d'une Péruvienne*
(1747) de Mme de Graffigny, ou de *L'Ingénu* (1767)
de Voltaire. Mais, alors que chez ces prédécesseurs le
regard étranger permet de promouvoir les idées des
Lumières, *Ourika* soumet à la critique la Révolution
qui devait en réaliser les idéaux. Alors que le salon
de B. s'anime d'une effervescence révolutionnaire,
« étrangère à tous les intérêts dc la société », Ourika
peut porter un regard distancié sur cette « arène » :

> Des hommes distingués remettaient chaque jour en
> question tout ce qu'on avait pu croire jugé jus-
> qu'alors. Ils approfondissaient tous les sujets, remon-
> taient à l'origine de toutes les institutions, mais trop
> souvent pour tout ébranler et tout détruire.

Cependant, la Révolution, qui survient après la
révélation du caractère illusoire de l'intégration d'Ourika à l'élite aristocratique, inspire aussi à l'héroïne

un espoir de réintégration ; elle ouvre la perspective d'une nouvelle société, où le sort des individus n'est pas déterminé par leur naissance, mais par leur mérite personnel, par « quelque supériorité d'âme ». Mais le désenchantement ne tarde guère quand la Révolution passe de la « belle théorie » à sa réalisation pratique, politique. Ourika observe alors l'éternelle comédie du pouvoir :

> J'apercevais les ridicules de ces personnages qui voulaient maîtriser les événements ; je jugeais les petitesses de leurs caractères, je devinais leurs vues secrètes ; bientôt leur fausse philanthropie cessa de m'abuser, et je renonçai à l'espérance, en voyant qu'il resterait encore assez de mépris pour moi au milieu de tant d'adversités. [...] les personnalités prirent la place de la raison.

La Révolution n'a pas édifié une nouvelle société et la fin de la Terreur marque un retour à l'ordre, qui redouble même le sentiment d'exclusion d'Ourika : celle-ci ne peut plus espérer en l'avènement d'une autre société, l'élite aristocratique renonce à la philanthropie dont elle ne s'était entichée que par engouement. Ce monde a pu donner à Ourika l'illusion de l'inclusion lors de la scène du bal (« On m'applaudit, on m'entoura, on m'accabla d'éloges »), mais les masques finissent par tomber :

> Plus la société rentrait dans son ordre naturel, plus je m'en sentais dehors. [...] L'expression de surprise mêlée de dédain que j'observais sur leur physionomie, commençait à me troubler ; j'étais sûre d'être bientôt l'objet d'un aparté dans l'embrasure de la fenêtre, ou d'une conversation à voix basse...

Mme de Duras met aussi en évidence l'idéalisme des Lumières, l'illusion d'affranchir les hommes des

préjugés et de fonder une société libérée des méca-
nismes d'exclusion. Le récit-cadre en donne l'illustration. Le narrateur est une figure emblématique
des Lumières. Pourtant, lorsqu'il se trouve face à
une négresse, il est «étrangement surpris» et cet
étonnement trahit bien l'enracinement de ce qu'on
appelait le «préjugé de couleur» : son «étonnement
s'accrut encore par la politesse de son accueil et le
choix des expressions dont elle se servait».

3.

Une œuvre romantique

1. *L'expression lyrique du « moi »*

Ourika dresse le constat de l'échec de la Révolution, l'un des facteurs essentiels de l'émergence
du romantisme français. Alors que les Lumières œu-
vraient à inscrire la revendication du bonheur indi-
viduel dans le cadre de la promotion d'un nouvel
ordre social, l'échec de la Révolution fait éclater
cette utopie d'une union harmonieuse du singulier
et du collectif. Les héros de la première génération
romantique (le *René* de Chateaubriand, l'*Obermann*
de Senancour) attestent d'un repli sur une subjecti-
vité déliée de tout projet collectif. Au «vaste désert
d'hommes» qu'est le monde (*René*), le héros romantique oppose l'expression mélancolique d'un « moi »
en proie au «mal du siècle».

Ourika s'ouvre sur une épigraphe empruntée à la
grande figure du romantisme anglais, Lord Byron.
De fait, le vernis classique du style de Mme de Duras

ne doit pas en masquer les accents lyriques et romantiques. Sainte-Beuve évoque les « passions plus profondes que leur expression » de ses « gracieux romans
où la qualité de l'écorce déguisait la sève amère ».
Mais le « brillant de la surface » ne manque pas
d'éclater parfois. Rappelons d'abord une évidence :
Ourika est un roman à la première personne. Si le
récit de la religieuse est pour une part le reflet d'une
sérénité retrouvée, l'évocation des souffrances du
passé rompt avec la sobriété classique et Mme de
Duras sait en plusieurs occasions faire entendre « le
cri de l'âme » dont parle Alphonse de Lamartine
(préface de 1849 aux *Méditations poétiques* parues en
1820).

Le récit est pauvre en événements parce que la
matière essentielle en est la mélancolie d'un « moi »
qui suscite aussi l'intérêt par sa profondeur. Après
avoir révélé à Ourika la noirceur de sa peau, la marquise jette « une lumière affreuse » sur ce qu'il y a
d'obscur dans son cœur, ses « ténèbres », en lui appre-
nant qu'elle est « folle d'amour pour Charles ». La
marquise met ainsi au jour un sentiment inconscient.
Un autre roman de Mme de Duras, *Olivier ou le Secret,*
confirme que l'auteur d'*Ourika* anticipe sur les
concepts freudiens d'inconscient et de refoulement :

> Ah ! les sentiments répréhensibles s'enveloppent de
> mille voiles au fond de notre âme ! On les poursuit
> sans les atteindre, et, comme ce génie des contes
> arabes, ils prennent toutes les formes pour nous
> échapper.

Elle se montre aussi en cela bonne lectrice des
Maximes classiques de La Rochefoucauld, mais la
mise en lumière de cette opacité du sujet à lui-même

n'est pas froidement constatée ; elle redouble la souffrance d'un « je » lyrique, étranger non seulement au monde, mais à lui-même, comme le suggère le passage à la troisième personne :

> Je ne sais quelle voix crie au fond de moi-même, qu'on a raison, et que je suis criminelle. Grand Dieu ! je vais donc aussi recevoir le remords dans mon cœur désolé ! Il faut qu'Ourika connaisse tous les genres d'amertumes, qu'elle épuise toutes les douleurs !

2. *Le renouveau religieux*

Le romantisme marque aussi un retour à la foi, qu'il s'agisse du déisme rousseauiste de Mme de Staël ou du *Génie du christianisme* exalté par Chateaubriand. Sainte-Beuve rattache Mme de Duras, « l'usage qu'elle fait des couvents », à « tout le mouvement religieux qui a produit le *Génie du christianisme* et les *Méditations* » de Lamartine. L'*incipit* d'*Ourika* donne à l'anticléricalisme de la Révolution un visage destructeur et représente le renouveau religieux qui ouvre le XIXᵉ siècle : elle situe la fiction dans un couvent en ruines, dévasté par la Révolution, mais réouvert après le Concordat. Le narrateur du récit-cadre est emblématique de l'esprit des Lumières ; mais dans un renversement des valeurs, ce n'est plus la foi qui fait figure de préjugé :

> … je *me figurais* que j'allais contempler une nouvelle victime des cloîtres ; les *préjugés de ma jeunesse* venaient de se réveiller, et mon intérêt s'exaltait pour celle que j'allais visiter, en proportion du genre de malheur que je lui *supposais*.

En effet, loin d'être une prison, le couvent semble être pour Ourika un asile où elle a trouvé une forme de bonheur. Le personnage de Mme de B. illustre la religion mondaine et formelle de l'aristocratie de la fin du XVIIIe siècle ; elle a transmis à Ourika une piété qui n'occupe que « quelques instants de [ses] journées ». Mais à mesure qu'on avance dans le récit, se multiplient les monologues intérieurs d'Ourika, dont Dieu est le destinataire. Elle lui adresse d'abord des « prière[s] impie[s] » en le conjurant de lui accorder la mort, jusqu'à ce que le dernier de ces monologues donne à entendre la vocation religieuse d'Ourika.

La religion romantique ne se confond cependant pas avec la défense réactionnaire de l'Église d'Ancien Régime. De celle-ci, Ourika dresse un portrait au vitriol à travers le personnage de l'abbé qui, après avoir passé dix ans à « se moquer de la religion », pleure la perte des « vingt mille livres de rente » que lui a coûtée la confiscation des biens du clergé. Surtout, le couvent romantique est moins une communauté religieuse qu'un refuge comparable à des « hospices […] ouverts aux malheureux et aux faibles » (*René*). La vocation religieuse d'Ourika ne se développe qu'à mesure que progresse son exclusion sociale et ne la guérit pas de ses blessures : la foi lui est finalement aussi inutile que la science du médecin. La restauration religieuse n'est pas à la mesure du « mal du siècle », comme le signale d'emblée l'*incipit* : « on n'[a] pas encore eu le temps de […] réparer » ce qu'a détruit la Révolution.

3. *Le « mal du siècle » au féminin*

L'histoire littéraire a fait du « mal du siècle » l'emblème du romantisme, dont René est la figure fondatrice. Chantal Bertrand-Jennings invite à mettre en évidence « un autre mal du siècle », celui des femmes. Le romantisme féminin serait plus désenchanté encore que son pendant masculin : l'isolement n'y serait pas le signe d'une élection, une posture aristocratique recherchée et exaltée, mais une condition de paria imposée par un ordre patriarcal. Les femmes furent en effet les grandes perdantes de la Révolution et le Code civil napoléonien consolida leur relégation à la sphère domestique et au statut de mineure légale.

La solitude est imposée à Ourika par une société qui la rejette en raison de la couleur de sa peau, et la critique contemporaine invite à voir aussi dans cette couleur une métaphore de la féminité. Au tournant du XVIIIe siècle, et pendant toute l'époque romantique, la figure du Noir, de l'esclave, est récurrente dans la littérature des femmes, où elle apparaît comme un *alter ego*, un symbole de la condition féminine. De fait, des stéréotypes comparables légitimaient la sujétion des Noirs et des femmes, envers négatifs de l'homme blanc selon toute une série d'oppositions où les uns sont réduits au corps, à l'instinct et à la sensibilité tandis que l'autre incarne l'esprit et la raison. De plus, la dot apparentait le mariage à une transaction commerciale dans laquelle la jeune fille pouvait parfois faire figure de marchandise.

On peut en effet voir dans la couleur d'Ourika une métaphore de la féminité, de sa sexualité que Freud qualifiait de « continent noir ». La révélation de l'altérité que constitue sa couleur intervient alors qu'elle est âgée de quinze ans, qu'elle ne sera bientôt plus « une enfant », selon la marquise ; alors que dans sa première occurrence le substantif « enfant » est au genre masculin et fonctionne comme un neutre, le féminin signale ici la fin de la relative indifférenciation sexuelle de l'enfance. Le dégoût de son propre corps, la façon dont Ourika le cache au regard des autres comme au sien en le couvrant de vêtements et en fuyant les miroirs, peut rappeler la honte dans laquelle étaient parfois élevées les jeunes filles. C'était tout particulièrement le cas des héritières de bonne famille, dont l'éducation se déroulait en partie au couvent, comme l'attestent les *Mémoires* de Marie d'Agoult :

> Une idée d'indécence s'attachant pour les religieuses au corps humain, il faut en détourner les yeux et la pensée autant que le permet l'infirmité de notre nature humaine. [...] de miroir, on n'en voyait qu'à la sacristie.

Ourika illustre les limites de la condition féminine, jusque dans les plus hautes classes de la société. L'éducation que reçoit l'héroïne relève de ces « arts d'agréments » qui préparaient les jeunes filles de l'aristocratie à leur vocation de maîtresse de maison, et perdent leur « but », comme le dit Ourika à la marquise, en dehors de la perspective du mariage. Ourika se meurt de désespoir parce qu'elle est exclue des « liens de famille » qui définissent l'existence féminine : n'étant « la sœur, la femme, la mère de personne », elle n'est plus rien, ou en tout cas pas une femme. Après le mariage de Charles, qui renvoie cruellement Ourika à son impossibilité de se marier, elle se définit comme « un enfant déshérité ». Le retour au masculin signale qu'Ourika « n'a pas rempli sa destinée » de femme ; elle n'a plus qu'à se retirer au couvent pour devenir « la sœur de la charité ».

4. À la source du « mal du siècle » : « l'association mortelle » entre Terreur et Révolution

Dans *Bouvard et Pécuchet*, Gustave Flaubert réunit certains chefs-d'œuvre préromantiques et romantiques dans une même réprobation sarcastique des « romans d'amour » :

> À haute voix et l'un après l'autre, ils parcoururent *La Nouvelle Héloïse, Delphine, Adolphe, Ourika*. Mais les bâillements de celui qui écoutait gagnaient son compagnon, dont les mains bientôt laissaient tomber le livre par terre.
> Ils reprochaient à tous ceux-là de ne rien dire sur le milieu, l'époque, le costume des personnages. Le cœur seul est traité ; toujours du sentiment ! Comme si le monde ne contenait pas autre chose !

Certes *Ourika* ne recourt pas à la description réaliste pour évoquer « le milieu, l'époque », mais le récit ne se caractérise nullement par l'intemporalité dont l'accusent les personnages de Flaubert.

La mélancolie d'Ourika est située précisément dans une Histoire qui la détermine. Le roman de Mme de Duras est même l'un des premiers à rompre la loi du silence, la « volonté d'oubli » (Mona Ozouf), qui pèse sur le passé révolutionnaire. Le « passé qu'il faut guérir » par la parole selon le médecin, c'est tout autant l'histoire de l'héroïne que le séisme historique qu'elle a traversé. *Ourika* inscrit la fiction dans le bouleversement à la source du « mal du siècle » romantique : la Révolution et son échec aux yeux des contemporains, l'« association mortelle qui s'est nouée entre le mot de Terreur et celui de Révolution » (Mona Ozouf).

Alors que Mme de Staël termine l'action de *Delphine* à l'année 1792, que Chateaubriand travestit dans *René* la rupture révolutionnaire en la figurant par la fin du «Grand Siècle» avec la mort de Louis XIV et l'avènement de la Régence, l'action d'*Ourika* couvre toute la période qui va des dernières années de l'Ancien Régime au début de l'Empire. L'optimisme des Lumières, dont on retrouve l'écho dans «l'engouement» qui caractérise le salon de Mme de B. et l'insouciance d'Ourika avant la Révolution, laisse place à la désespérance face au prix à payer pour réaliser la «belle théorie» des Lumières, celui du sang. Ourika ne peut «désirer longtemps beaucoup de mal pour un peu de bien personnel». Son récit donne à la Révolution le visage de la violence et en brosse un tableau apocalyptique :

> il semblait que sur cette terre désolée, on ne pût régner que par le mal...

C'est renvoyer aux partisans de la Terreur la formule de Saint-Just à l'encontre de Louis XVI : «On ne peut point régner innocemment. »

Mais la fin de la Terreur et de la Révolution n'amène pas un dénouement heureux : le passé est un mal incurable. *Ourika* conjoint catastrophe historique et catastrophe personnelle. Arrachée à sa patrie, à ses ancêtres, mourant sans descendance dans un couvent à demi détruit où les pierres tombales sont brisées, Ourika est à l'image du portrait que trace Mona Ozouf de l'individu né du séisme révolutionnaire :

> Terre, sang, lignage, entours ont désormais cessé de définir et d'emmailloter l'individu humain, créature frissonnante et nue qui surgit dans un monde démeublé.

Le héros romantique est bien un « *enfant* du siècle », orphelin arraché à son passé et sans avenir. Dans le récit-cadre qui ouvre *Ourika*, l'héroïne apparaît dans un « berceau » de verdure, symbole de régression infantile, de la nostalgie des origines pour une génération à laquelle l'Histoire est apparue armée du couperet de la guillotine, sous lequel périt le père de Mme de Duras, comme le frère aîné de Chateaubriand.

Pour en savoir plus

Sur l'œuvre de Mme de Duras et le roman de la première moitié du XIXᵉ siècle

Chantal BERTRAND-JENNINGS, *D'un siècle l'autre : Romans de Claire de Duras*, La Chasse au Snark, 2001.

Chantal BERTRAND-JENNINGS, *Un autre mal du siècle*, Presses Universitaires du Mirail, 2005.

MADAME DE DURAS, *Ourika. Édouard. Olivier ou le Secret*, Gallimard, « Folio classique », 2007 : avec une préface de Marc Fumaroli et une présentation de Marie-Bénédicte Diethelm.

MADAME DE DURAS, *Ourika*, University of Exeter Press, 2005 : avec une présentation et une étude de Roger Little.

Mona OZOUF, *Les Aveux du roman*, Gallimard, « Tel », 2004.

SAINTE-BEUVE, « Madame de Duras », in *Portraits de femmes*, Gallimard, « Folio », 1998.

Sur la figure de l'esclave dans la littérature féminine, de la fin du XVIIIᵉ siècle à l'époque romantique

Marceline DESBORDES-VALMORE, *Les Veillées des Antilles* (1845), L'Harmattan, 2006 : « Sarah ».

Sophie DOIN, *La Famille noire* (1825), suivie de trois *Nouvelles blanches et noires* (1826), L'Harmattan, 2002 : la nouvelle « Noire et Blanc » est dans une certaine mesure une réécriture à dénouement heureux d'*Ourika* : Charles de Méricourt épouse la Noire Nelzi.

Olympe DE GOUGES, *Zamore et Mirza ou l'Esclavage des Noirs* (1785), « Librio », 2007 ; *Déclaration des droits de la femme et de la citoyenne* (1791), suivie d'un postambule sur l'esclavage, Mille et une nuits, « La Petite Collection », 2003.

MADAME DE STAËL, *Trois nouvelles* (1795), Gallimard, « Folio » : « Mirza ou Lettre d'un voyageur » (située au Sénégal, l'action conjoint, comme *Ourika*, récit sentimental et combat contre « le préjugé de couleur »), « Histoire de Pauline » (le colon esclavagiste comme figure du mari).

Sur la « femme esclave »

George SAND, *Indiana* (1832), Gallimard, « Folio », 1984 : Sand fait d'Indiana, la fille d'un colon de l'île Bourbon (La Réunion), et de sa sœur de lait Noun, fille d'une négresse esclave, les figures de l'esclavage des femmes, opprimées par la « race » des hommes.

Sur l'éducation et le mariage des jeunes filles de l'aristocratie au tournant du XVIIIᵉ siècle

Marie d'AGOULT, *Premières années* (extraits des *Mémoires*), Gallimard, « Folio », 2009.

Genre et registre

Un récit tragique

SI PAR SA BRIÈVETÉ *Ourika* se situe aux frontières des genres du roman et de la nouvelle, c'est que le récit de Mme de Duras doit beaucoup à la concentration tragique du modèle racinien. Marc Fumaroli qualifie les trois romans de Mme de Duras de « brèves tragédies en prose ». Mais romancière et non dramaturge, c'est par son art du récit qu'elle crée avec *Ourika* une tragédie moderne.

1.

La construction du récit

1. *Le procédé du récit enchâssé : chronique d'une mort annoncée*

Le procédé du récit-cadre auquel recourt Mme de Duras met d'emblée l'histoire de l'héroïne sous le signe de la mort : l'œuvre s'ouvre sur un cloître en partie démoli que le narrateur traverse en marchant sur des pierres tombales. Le jardin, symbole de vie, où le médecin rencontre Ourika ne dissipe pas cette atmosphère funèbre. Le « grand voile noir » qui « l'en-

velopp[e] presque tout entière» crée un contraste
entre l'héroïne et la végétation qui l'entoure et s'apparente à un linceul. Le diagnostic du médecin ne
laisse guère d'espoir : «le corps était détruit». Pas
plus qu'Ourika («lorsque enfin je souhaite de vivre,
peut-être que je ne le pourrai plus») il ne se fait
d'illusion sur l'issue de la maladie : un «triste pressentiment» l'avertit que la mort a «marqué sa victime». Le traitement n'offrira qu'un répit momen-
tané, comme le signale la prudence dont fait preuve
le narrateur en évoquant la rémission d'Ourika : le
traitement «par[aît]» seulement «produire *quelque*
effet».

Après une telle entrée en matière, le lecteur s'at-
tend à ce que la prière qu'Ourika adresse à Dieu
peu de temps avant le mariage de Charles et Anaïs
soit finalement exaucée :

> Ô mon Dieu! ils sont déjà bien heureux : eh bien!
> donnez-leur encore la part d'Ourika, et laissez-la
> mourir comme une feuille tombe en automne.

Pour souligner l'ironie tragique que constituera
la réalisation de cette prière, le médecin reprend
une image similaire à celle employée par Ourika pour
rapporter sa mort :

> Je continuai à lui donner des soins : malheureuse-
> ment ils furent inutiles ; elle mourut à la fin d'oc-
> tobre ; elle tomba avec les dernières feuilles de
> l'automne.

Cet *excipit* n'atténue pas le tragique de la mort
terrestre par l'évocation d'une assomption de l'âme,
de la perspective d'une vie éternelle.

Dès l'*incipit*, les larmes d'Ourika suggèrent que sa
vocation ne lui offre peut-être que l'illusion d'une

consolation, que sa foi est impuissante face à l'immensité de sa douleur, alors qu'elle prétend avoir trouvé le bonheur. La technique du récit enchâssé le confirme, quand Ourika doit s'interrompre, brisée par la souffrance qu'elle évoque :

> En achevant ces paroles, l'oppression de la pauvre religieuse parut s'augmenter ; sa voix s'altéra, et quelques larmes coulèrent le long de ses joues flétries. Je voulus l'engager à suspendre son récit ; elle s'y refusa. « Ce n'est rien, me dit-elle ; maintenant le chagrin ne dure pas dans mon cœur : la racine en est coupée… »

Mais la mort annoncée d'Ourika dément cette illusion.

2. *Le paradis perdu de l'enfance*

« … mon malheur, c'est l'histoire de toute ma vie », déclare Ourika dans l'*incipit*. Pourtant, les premières années d'Ourika semblent mises sous le signe du bonheur :

> Mes plus anciens souvenirs ne me retracent que le salon de Mme de B. ; j'y passais ma vie, aimée d'elle, caressée, gâtée par tous ses amis, accablée de présents, vantée, exaltée comme l'enfant le plus spirituel et le plus aimable.

Ce bonheur de l'inclusion culmine dans la scène du bal, avant la rupture que constitue la conversation entre Mme de B. et la marquise ; en révélant à Ourika l'exclusion à laquelle elle est condamnée, cette conversation « ouvr[e] [s]es yeux » et « finit [sa] jeunesse ». Mais cette rupture est préparée, annoncée dès le début de la narration par plusieurs anticipations qui jettent d'emblée sur l'histoire l'ombre du tragique. L'enfance apparaît dès l'abord comme un paradis perdu.

3. *Itinéraire d'une exclusion*

Ourika est une tragédie de l'exclusion inscrite dans le traitement des lieux romanesques. Chacun de ces lieux est le signe de l'enfermement de l'héroïne dans sa condition de négresse, qui prend d'emblée un visage tragique avec « le bâtiment négrier » auquel l'arrache le chevalier de B.

Sauvée de l'esclavage, Ourika grandit dans un espace à mille lieues, au propre comme au figuré, de ce négrier, le salon aristocratique de Mme de B. Il offre à Ourika le sentiment d'une intégration sociale. Mais cette intégration n'est qu'illusoire : c'est un lieu clos, dans lequel Mme de B. peut protéger Ourika des regards extérieurs de la société dont la marquise vient faire entendre la voix cruelle.

Avec la Terreur, Ourika est encore plus à l'écart, puisqu'elle suit Mme de B. dans sa retraite à Saint-Germain. Si la campagne lui permet alors d'échapper à la clôture du salon pour des promenades dans la forêt, c'est qu'elle y reste cachée aux yeux du monde, dans la seule compagnie de Mme de B., de Charles et du vieil abbé. Après la Terreur, Ourika ne quitte pas cette retraite, alors que Charles ne cesse d'aller et venir entre Saint-Germain et Paris, et que Mme de B. elle-même se rend à la capitale pour assister au mariage de Charles. Une violente fièvre empêche Ourika de l'accompagner et elle fait alors l'expérience de « l'isolement complet, réel ». Après son retour à Paris, elle reste « seule dans [sa] chambre pendant des heures entières ».

Le mouvement de retrait se parachève avec l'entrée au couvent. C'est à nouveau un lieu clos, à l'écart du monde. Du moins devrait-il permettre à Ourika de retrouver une forme d'inclusion puisqu'il n'y a aux yeux de Dieu « ni nègres ni blancs ». Mais l'*incipit* a par avance démenti cette issue religieuse à la solitude. Au couvent, c'est seule « à l'extrémité d'une longue allée de charmilles » qu'Ourika apparaît.

2.

Un tragique moderne

1. *Solitude et exil*

L'épigraphe empruntée à Byron signale d'emblée qu'*Ourika* est une tragédie de la solitude. Le Journal de Mme de Duras confirme que son intérêt pour le « sentiment douloureux de l'isolement » joua un rôle crucial dans la genèse de sa tragédie romanesque :

> On va donner une tragédie intitulée *Le Paria*. [...] Dieu a dit, il n'est pas bon que l'homme soit seul. L'isolement est donc un état contre nature, un véritable malheur, et celui que la société rejette de son sein est par cela seul le plus malheureux des êtres. [...] Je voudrais qu'on traitât avec talent un autre sujet, c'est un événement qui s'est passé de nos jours et dont j'ai été témoin.

Cet « événement », c'est l'histoire de la véritable Ourika, et Mme de Duras n'attendra pas que quelqu'un d'autre traite ce sujet.

L'isolement est le grand thème romantique depuis le cri de René : « Hélas, j'étais seul, seul sur la terre ! » ; « je me répétais, seule ! pour toujours seule ! », semble répondre en écho Ourika. Mais comme le suggère la référence au paria, catégorie sociologique, Mme de Duras renouvelle le *topos* de la solitude romantique en attribuant à l'isolement une cause précise, la couleur d'Ourika. Celle-ci n'est pas, comme René, en proie au « *vague* des passions » (c'est, dans *Génie du christianisme*, le titre du chapitre dans lequel Chateaubriand insère *René*), en « quête d'un bien *inconnu* », de « *quelque chose* pour remplir l'abîme de [son] existence ». L'objet du désir d'Ourika n'a rien d'indéterminé : elle veut se marier, avoir des enfants, autrement dit trouver sa place dans la société. Mais elle en est empêchée par sa couleur, obstacle tragique s'il en est, puisque rien ne saurait l'en délivrer :

> J'avais ôté de ma chambre tous les miroirs, je portais toujours des gants ; mes vêtements cachaient mon cou et mes bras, et j'avais adopté, pour sortir, un grand chapeau avec un voile, que souvent même je gardais dans la maison. Hélas ! je me trompais ainsi moi-même : comme les enfants, je fermais les yeux, et je croyais qu'on ne me voyait pas.

Mme de Duras renouvelle aussi le thème romantique de l'exil. Ourika n'est pas l'exact pendant du héros romantique assoiffé d'infini dans une société mesquine, « exil[é] dans l'imparfait », selon la formule de Baudelaire. Ourika n'est pas étrangère au monde, mais une étrangère dans une société donnée, arrachée à sa patrie en même temps qu'à l'esclavage, pour être jetée sur une « terre d'exil ». Et cet exil est sans issue : isolée parmi les Blancs par sa couleur, elle le serait tout autant dans la

patrie à laquelle son éducation française l'a rendue
étrangère :

> J'eus un moment l'idée de demander à Mme de B.
> de me renvoyer dans mon pays ; mais là encore
> j'aurais été isolée : qui m'aurait entendue, qui m'au-
> rait comprise ?

L'impasse dans laquelle se trouve Ourika prend là
des accents très contemporains.

2. *Tragique et société*

Ourika est une tragédie moderne en ce que l'héroïne n'y est pas écrasée par une force transcen-
dante, mais par la société des hommes. Dans son
roman *Édouard*, Mme de Duras oppose ce nouveau
visage du tragique à la tradition classique :

> Les Anciens plaçaient la fatalité dans le ciel ; c'est
> sur la terre qu'elle existe, et il n'y a rien de plus
> inflexible dans le monde que l'ordre social tel que
> les hommes l'ont créé.

Le tragique qui condamne Ourika à mort, c'est
« cette société cruelle » où elle est « déplacée », quelle
que puisse être sa « supériorité d'âme », qui n'efface
pas sa couleur.

C'est à juste titre qu'Ourika déclare que son « malheur, c'est l'histoire de toute [sa] vie ». Son existence tout entière est déterminée par sa couleur.
Celle-ci la voue d'abord à l'esclavage. Ourika est
sauvée de cette condition tragique ; mais Mme de B.
ne lui offre qu'un bonheur provisoire et surtout illusoire. Non seulement la cache-t-elle aux yeux du
monde extérieur, mais au sein même de son salon,
Ourika n'a jamais joui que de l'illusion de l'intégra-

tion. Si la conversation entre la marquise et Mme de B. fait à Ourika l'effet d'un « éclair », c'est tout autant par ce qu'elle lui révèle de son avenir que par la lumière qu'elle jette sur son passé :

> Je vis tout, je me vis négresse [...] *jusqu'ici un jouet, un amusement pour ma bienfaitrice,* bientôt rejetée d'un monde où je n'étais pas faite pour être admise.

De fait, l'évocation du paradis perdu de l'enfance donne à lire les indices de l'exclusion d'Ourika. C'est « vêtue à l'orientale, assise aux pieds de Mme de B. » que figurait Ourika. Si Mme de B. a effectivement élevé Ourika « comme *si* elle était sa fille », elle a fait aussi de celle-ci une attraction exotique. Le corps de Mme de B. n'a jamais été à proprement parler un giron maternel. Mme de B. organise le bal à l'intention d'Ourika, pour « la montrer à son avantage », « faire briller » ses talents de danseuse. Mais ce spectacle a quelque chose d'une exhibition ambiguë. Le verbe « montrer » n'est-il pas un paronyme de « monstre » ? Certes Ourika serait alors un beau monstre. Il n'empêche que le bal n'est pas pour Ourika le rite d'« entrée dans le monde » qu'il était pour les jeunes filles de l'aristocratie, mais le signe de son exclusion. Malgré la sincérité de ses sentiments, Mme de B. a toujours vu en Ourika la négresse.

Le roman de Mme de Duras se rattache ainsi subtilement au thème romantique du monstre, figure métaphorique des parias de l'ordre social. Roger Little rapproche en particulier Ourika de la créature de Frankenstein qui supplie son créateur de lui créer une compagne « de la même espèce » pour en finir

avec la solitude tragique à laquelle il est condamné.
La critique contemporaine a d'ailleurs pu voir dans
cette créature une métaphore du Noir.

3. Une conscience aliénée

Après l'éclair jeté par la marquise sur sa couleur,
Ourika devient un monstre à ses propres yeux, « étrangère à la race humaine tout entière » :

> Lorsque mes yeux se portaient sur mes mains noires,
> je croyais voir celles d'un singe ; [...] cette couleur
> me paraissait comme le signe de ma réprobation ;
> c'est elle qui me séparait de tous les êtres de mon
> espèce.

Ourika, qui auparavant n'était pas « fâchée d'être
une négresse », intériorise le regard que la société
porte sur elle. La critique contemporaine a mis en
évidence comment la désintégration d'Ourika correspond à l'analyse clinique que conduira Frantz
Fanon de la névrose du Noir, plus d'un siècle plus
tard, dans *Peau noire, masques blancs* (1952) : « esclave
de son infériorité » sous l'effet du regard raciste.
L'aliénation du Noir progresserait selon les quatre
stades du sentiment d'infériorité, du sentiment d'insécurité, de la haine de soi, pour culminer dans le
désespoir. On retrouve cette évolution dans *Ourika*,
où l'héroïne, après « la perte [du] prestige qui [l']
environnait », se voit « négresse, dépendante, méprisée, sans fortune, sans appui ». Elle se fait ensuite
« horreur » et sombre dans un désespoir qui la rend
étrangère à elle-même. Chantal Bertrand-Jennings
voit dans le passage du « je » à la troisième personne
dans les monologues intérieurs d'Ourika le signe

d'une « scission du sujet » : Ourika a subi une désintégration psychique à l'issue fatale.

Une figure du monstre romantique

Mary SHELLEY, *Frankenstein ou le Prométhée moderne*, Gallimard, « Folioplus classiques ».

L'écrivain
à sa table de travail

Entre modèles historiques
et inspiration autobiographique

1.

Les modèles historiques d'Ourika

Stendhal, amateur des « petits faits vrais », loue Mme de Duras d'avoir créé son roman à partir d'« incidents […] pris dans la réalité ». De fait, deux figures historiques dont l'histoire présente certaines similarités sont les modèles à partir desquels Mme de Duras créa son personnage et son destin tragique.

1. *Mlle Aïssé, « la jeune Circassienne »*

En 1698, Charles de Ferriol, diplomate en mission à Constantinople, achète une esclave circassienne âgée de quatre ans. C'était, selon celui qui la vendit, une princesse, butin de guerre des Turcs ; mais peut-être s'agissait-il d'une fiction destinée à faire valoir la « marchandise ». De retour à Paris, le diplomate confie son acquisition à sa belle-sœur, Mme de Ferriol (sœur de la célèbre Mme de Tencin). Aïssé est alors éduquée comme une jeune aristocrate française et cette « jeune fleur d'Asie », belle et pleine

d'esprit, fréquente les salons de la Régence, ceux de
Mme de Tencin ou de Mme de Lambert, rencontre
Voltaire et devient, selon Sainte-Beuve, « l'idole de
cette société aimable ».

En 1720, Mlle Aïssé noue une liaison passionnée
avec un parent des Tencin, le chevalier d'Aydic, et
donne clandestinement naissance à une fille en 1721.
Elle se refusera toujours à épouser le chevalier parce
qu'elle a, comme le fera l'Ourika de Mme de Duras,
intériorisé l'idéologie endogamique de la société
aristocratique qui l'a recueillie sans l'adopter à proprement parler. Ainsi écrit-elle à son amie Mme Calandrini en 1727 :

> Quelque bonheur que ce fût pour moi de l'épouser,
> je dois aimer le chevalier pour lui-même. Jugez,
> madame, comme sa démarche serait regardée dans
> le monde, s'il épousait une inconnue et qui n'a de
> ressources que la famille de M. de Ferriol. Non,
> j'aime trop sa gloire.

Mme Calandrini, dévote, ne cessera de conjurer
Aïssé de mettre fin à sa liaison avec le chevalier, et
les lettres d'Aïssé à son amie se font l'écho d'un
« combat entre [sa] raison et [son] cœur » dans lequel
le « corps succombe à l'agitation de [son] esprit ».
Son état de santé se dégrade et ses symptômes,
insomnie, fièvre, oppression, amaigrissement, seront
ceux d'Ourika. En 1733, enfin, Aïssé trouve dans la
foi la force du renoncement : elle se confesse, rompt
avec le chevalier et peut écrire à Mme Calandrini :

> J'ai, Dieu merci, exécuté ce que je vous avais mandé,
> je suis comblée [...]. La démarche que j'ai faite a
> donné à mon âme un calme que je n'aurais point si
> j'étais restée dans mes égarements.

Mais cette lettre est aussi la dernière, et la prédic-
tion faite dans une lettre précédente («Je ne puis
vous dire combien me coûte le sacrifice que je fais;
il me tue») se réalise : Aïssé meurt en effet en mars
1733. Le calme dont elle se flatte est démenti par
une mort que le renoncement semble précipiter.
On retrouvera ce contraste entre l'illusion d'une
sérénité retrouvée et le délabrement continu du
corps chez Ourika.

Les lettres à Mme Calendrini, publiées en 1787
avec des annotations de Voltaire, sont aussi une petite
chronique de la Régence. Aïssé, «plus ingénue qu'une
Champenoise», selon Voltaire, porte sur la société
au sein de laquelle elle reste dans une certaine
mesure une étrangère un regard digne des Persans
de Montesquieu :

> Tout ce qui arrive dans cette monarchie annonce
> bien sa destruction. (lettre 4, janvier 1727)
> Tout leur manque, probité inébranlable, sagesse,
> douceur, justice ; tout n'est qu'apparence chez les
> hommes : le masque tombe à la plus petite occasion.
> La probité n'est qu'un nom dont ils se parent...
> (lettre 17)

Ourika portera sur la Révolution et sa «fausse
philanthropie» le même regard décapant.

2. *Ourika, un personnage historique*

Mais le modèle le plus direct de l'héroïne de
Mme de Duras n'est autre qu'une véritable esclave
sénégalaise, Ourika. En 1786, le chevalier de Boufflers, gouverneur des possessions françaises au Sénégal, offre à son oncle le maréchal de Beauvau et
son épouse une «petite captive». Mme de Duras ne

masque pas ce que son roman doit à l'Histoire en donnant à son personnage le nom de son modèle et en conservant l'initiale du nom du chevalier et de la maréchale.

Dans la deuxième moitié du XVIIIe siècle se répand dans l'aristocratie française la mode des domestiques noirs, tout particulièrement des «petits nègres», selon le titre d'un chapitre du *Tableau de Paris* (1781-1788) de Louis-Sébastien Mercier. L'esclavage étant interdit sur le sol de la métropole, ces petits esclaves devenaient «libres», mais Mercier dénonce avec une cruelle ironie le statut d'accessoire exotique, de petit animal de compagnie qui était le plus souvent réservé à ces enfants :

> Le singe, dont les femmes raffolaient, admis à leurs toilettes, appelé sur leurs genoux, a été relégué dans les antichambres. La perruche, la levrette, l'épagneul, l'angora ont obtenu tour à tour un rang auprès de l'abbé, du magistrat et de l'officier. Mais ces êtres chéris ont perdu tout crédit, et les femmes ont pris de petits nègres. [...] Le petit nègre n'abandonne plus sa tendre maîtresse [...]. Il escalade les genoux d'une femme charmante, qui le regarde avec complaisance, il presse son sein de sa tête lanugineuse, appuie ses lèvres sur une bouche de rose, et ses mains d'ébène relèvent la blancheur d'un col éblouissant.
> Un petit nègre aux dents blanches, aux lèvres épaisses, à la peau satinée, caresse mieux qu'un épagneul et qu'un angora.

Le chevalier de Boufflers fit l'acquisition de plusieurs petites esclaves pour les offrir à des membres de l'élite aristocratique, non seulement pour sacrifier à la vogue de ce genre de cadeaux, mais aussi par compassion à l'égard de ces enfants promis à l'esclavage.

Le maréchal de Beauvau partageait la sensibilité humaniste de son neveu. Il devait d'ailleurs adhérer à la Société des Amis des Noirs fondée en 1788 et Ourika fut élevée par M. et Mme de Beauvau en même temps que leurs deux petits-fils, Charles et Juste.

3. *Une situation précaire*

Sainte-Beuve note le parallèle qu'on peut faire entre Aïssé et Ourika, en même temps qu'il signale la différence qui valut à Ourika une destinée plus tragique encore :

> Ourika rapportée du Sénégal, comme Mlle Aïssé l'avait été de Constantinople, reçoit, comme en son temps cette jeune Circassienne, une éducation accomplie ; mais, moins heureuse qu'elle, elle n'a pas la blancheur.

Aussi n'a-t-elle pas droit au titre de « Mlle » et Ourika n'aura pas son chevalier d'Aydie. Elle meurt à l'âge de seize ans en 1799 et la rumeur publique attribue sa mort à son amour pour Juste de Noailles, à l'image de celui que l'Ourika de Mme de Duras voue à Charles.

Les *Souvenirs de la maréchale princesse de Beauvau* montrent que la véritable Ourika dut percevoir l'ambiguïté de sa position, ni domestique, ni enfant de la famille à part entière :

> La mort d'une enfant de seize ans vient de rouvrir mes plaies. Cette enfant, donnée à Monsieur de Beauvau [...] était devenue promptement pour lui

> un objet d'intérêt, de goût, de tendresse ; j'avais par-
> tagé tous ces sentiments [...,] ; lorsque la douleur
> profonde et durable qu'elle a montré de sa perte,
> avait augmenté mon vif intérêt pour elle, alors elle
> m'avait inspiré la tendresse d'une véritable mère.
> Jamais fille ne fut plus aimée. [...] elle m'aimait
> avec une préférence qui lui ôtait jusqu'à l'idée qu'elle
> pût vivre sans moi ou loin de moi ; la menace seule
> que je lui en avais faite quelquefois, la jetait dans
> une espèce de désespoir. [...] Jusqu'à son dernier
> soupir elle m'appelait encore avec ce son de voix
> si touchant, qui était un de ses charmes : «Amie,
> Madame, mon amie, Madame».

Si «jamais fille ne fut plus aimée», Ourika, comme l'héroïne de Mme de Duras, ne s'autorisa jamais à appeler sa bienfaitrice «ma mère». Les *Souvenirs* de la maréchale font d'ailleurs apparaître que c'est d'abord à M. de Beauvau qu'Ourika dut le traite-ment privilégié qu'elle reçut et que Mme de B. n'aima en mère Ourika qu'après la mort de son époux, parce que la jeune fille lui «rappelait sans cesse celui qui l'avait tant aimé». La précarité de la position d'Ourika apparaît aussi dans la « menace » qui terrifiait la jeune fille : Ourika pouvait être chassée d'un instant à l'autre. S'il est vrai qu'elle aima le petit-fils des Beauvau, nul doute qu'elle ne devait se faire aucune illusion sur la possibilité de l'épouser, quand bien même elle eût été aimée du jeune homme.

De fait, le témoignage de la marquise de La Tour du Pin explicite ce que suggère Mme de Duras. La petite négresse fut aussi pour Mme de Beauvau, « un jouet, un amusement » exotique :

> Mme la Maréchale s'amusait à me voir faire tableau
> avec sa petite Ourika. Je la prenais sur mes genoux,

elle me passait les bras autour du col et appuyait son petit visage noir comme l'ébène, sur ma joue blanche. Mme de Beauvau ne se lassait pas de cette représentation, qui m'ennuyait extrêmement, parce que j'ai toujours eu horreur des choses factices.

Pour en savoir plus

Sur Mlle Aïssé

Mademoiselle AÏSSÉ, *Lettres à Madame C****, Rivages poche, « Petite Bibliothèque », 2009.

SAINTE-BEUVE, *Derniers portraits littéraires* (1852), in *Portraits littéraires*, Robert Laffont, « Bouquins », 2004 : « Mademoiselle Aïssé ».

Sur Ourika

Chevalier DE BOUFFLERS, *Lettres d'Afrique à Madame de Sabran*, Actes Sud, « Babel », 1998.

Erick NOËL, *Être noir en France au XVIIIe siècle*, Tallandier, 2006. L'ouvrage rappelle notamment que la multiplication — toute relative : ils sont 5 000 en 1777, mais concentrés pour l'essentiel dans la capitale — des Noirs en métropole, offerts en cadeau ou amenés par des colons, suscita la mise en place d'une législation discriminatoire : le 9 août 1777 est proclamée la « Déclaration du roi pour la police des Noirs », le sol de la métropole est interdit aux Noirs et autres gens de couleur (l'arrivée d'Ourika en France montre que cette interdiction ne mit pas fin à l'entrée de Noirs sur le sol français) ; le 5 avril 1778, un arrêt du Conseil d'État interdit les mariages mixtes.

2.

« *Ourika* retrace les sentiments intimes de Mme de Duras »

Mme de Duras semble s'être emparée de l'histoire d'Ourika — dans son journal, la duchesse résume l'histoire de son modèle en ces termes : « isolée au milieu du monde » — en partie parce qu'elle y vit un reflet de sa propre solitude. L'hôtesse d'un des salons les plus courus de son époque, l'une des reines de la Cour, écrivait en 1824 :

> Je ne sais pourquoi j'étais née, mais ce n'est pas pour la vie que je mène. Je ne prends au monde que ce qui n'est pas lui, et quand je reviens sur moi-même, je ne conçois pas ce que je fais là, tant je m'y sens étrangère.

Ourika est à certains égards un masque de Mme de Duras, et l'écriture romanesque, l'exutoire d'un cœur qui fut mis à rude épreuve.

Alors que l'Ourika historique est née en 1783 ou 1784 et morte en 1799, Mme de Duras fait non seulement vivre son héroïne jusqu'à la veille ou le début de l'Empire, mais elle la fait naître aux alentours de 1775-1776 (Charles, qui a à peu près le même âge qu'Ourika, a vingt et un ans quand le projet de mariage avec Anaïs prend forme, peu après « la fin de l'année 1795 »), soit à une date très proche de sa propre naissance, en 1777.

1. *Ourika* et *Mme de Duras* : *masque noir d'une peau blanche ?*

Que la première grande héroïne, la première narratrice noire de la littérature occidentale ait été créée par Mme de Duras, grande dame de la Restauration, femme « du plus blanc des mondes blancs », selon la formule de John Fowles, relève du paradoxe. Mais Mme de Duras connut pendant la Révolution l'expérience de l'exil et fut, dans une certaine mesure, traitée en paria dans la cour en exil du futur Louis XVIII. La marquise de La Tour du Pin donne une autre explication à la projection de l'auteur dans la figure d'Ourika :

> *Ourika* retrace les sentiments intimes de Mme de Duras. Elle a peint sous cette peau noire les tourments que lui avait fait éprouver une laideur qu'elle s'exagérait.

Claire de Duras semble en effet avoir cruellement souffert de se sentir laide et dressait ce constat amer : « On n'a jamais été jeune lorsque l'on n'a jamais été jolie. »

À l'époque de la rédaction d'*Ourika*, l'orientalisme romantique n'est pas encore à son apogée et ne va pas encore ni n'ira jamais jusqu'à exalter des « Vénus noires ». Atala, l'héroïne exotique de Chateaubriand, est indienne par sa mère mais espagnole par son père. La « blancheur éclatante », le « voile d'or » des cheveux de cette Indienne qui n'a finalement d'exotique que le nom correspondent aux canons traditionnels de la beauté occidentale. À l'époque d'*Ourika*, une femme noire n'est jamais belle qu'en dépit de sa couleur. Stendhal écrit, dans la chronique qu'il consacre au roman de Mme de Duras : «pour une négresse, l'enfant était jolie». Mme de Boigne dit de sa domestique noire qu'elle «était aussi belle que l'admettait sa peau d'ébène».

2. *Entre mère et fille : un ravage*

Sans doute Mme de Duras attribua-t-elle à sa laideur sa première déception sentimentale, l'indifférence d'un mari qu'elle aima d'abord passionnément, avant de reporter son amour sur sa fille aînée Félicie.

Mme de Duras se plut à former celle-ci à son image, mais Félicie devait s'éloigner de sa mère au profit de ses belles-familles successives. Mme de Duras vécut cet éloignement comme un abandon et se plaignit dans une lettre «d'avoir vu une influence étrangère altérer peu à peu les goûts, les sentiments, les opinions» qu'elle avait «placés dans ce cœur qui n'est plus celui qui comprenait le [s]ien». Mme de Duras dresse ici le constat de «la défaite du Pygmalion maternel», selon la formule de Marc Fumaroli.

À cet échec s'oppose le succès de Mme de B. dans *Ourika*. L'héroïne met le rapport qui l'unit à sa protectrice sous le signe du mythe de Galatée. Ourika est une figure de la fille idéale, «assise aux pieds de Mme de B.», heureuse de vivre sous l'emprise et l'empire de la mère :

> J'étais heureuse à côté de Mme de B. : aimer pour moi, c'était l'entendre, lui obéir, la regarder surtout ; je ne désirais rien de plus.

Ourika jouit d'être formée à l'image de Mme de B. qui est tout son horizon :

> Elle guidait mon esprit, formait mon jugement : en
> causant avec elle, en découvrant tous les trésors de
> son âme, je sentais la mienne s'élever [...] ; je ne
> pensais qu'à plaire à Mme de B. ; un sourire d'ap-
> probation sur ses lèvres était tout mon avenir.

La conversation entre Mme de B. et la marquise
introduit une déchirante rupture dans la vie d'Ourika aussi parce qu'elle ouvre la perspective de la
séparation entre mère et fille. Mme de B. imagine
qu'Ourika restera « dans l'intimité de [sa] société ».
Mais la marquise lui rappelle que ce n'est possible
que « tant qu'elle est une enfant ».

La « passion criminelle » d'Ourika pour Charles
n'est peut-être qu'un déplacement de son attachement passionné pour Mme de B. S'éprendre de son
petit-fils, c'est ne pas se déprendre d'elle. Ourika
meurt de son amour pour Mme de B., comme le
suggère l'image du berceau où elle est assise dans
l'*incipit*, symbole de régression à la mère. Si Ourika
est une Galatée qui n'a pas trouvé le bonheur, c'est
que le Pygmalion maternel ne l'a pas retenue en son
sein : Ourika, ou la fille rêvée de Mme de Duras.

3. « M. de Chateaubriand ne me croira *malade que quand je serai morte* »

Ourika est aussi une transposition de la « passion
innocente, autant qu'extravagante », selon la formule de la marquise de La Tour du Pin, de Mme de
Duras pour Chateaubriand. Passion innocente notamment parce que la duchesse semble s'être un temps
aveuglée sur les sentiments qu'elle prêtait à celui
qu'elle appelait « mon frère » et qui l'appelait « ma

sœur ». Tant et si bien que la marquise de La Tour du Pin prit l'initiative de révéler à son amie ce qu'il en était en l'avertissant qu'elle était « au bord du précipice », comme la marquise du roman fait la lumière sur la passion insensée d'Ourika pour Charles.

Charles, Chateaubriand… : on comprend pourquoi Mme de Duras transforme les données historiques selon lesquelles la vraie Ourika fut amoureuse non de Charles mais de Juste. Comme Ourika souffre des longues absences de Charles, Mme de Duras se plaint douloureusement de se voir négligée par son ami :

> Savez-vous ce que c'est que de passer une longue matinée sans voir arriver l'ami avec lequel on a l'habitude d'épancher son cœur […] ? J'ai fait arrêter toutes mes pendules pour ne plus entendre sonner les heures où vous ne viendrez plus.

Quelques mois avant sa mort, Mme de Duras confie dans une lettre :

> M. de Chateaubriand ne me croira malade que quand je serai morte ; c'est sa manière, elle épargne bien des inquiétudes et il est probable que si j'avais eu cette manière d'aimer, je me porterais mieux.

La manière d'aimer de Mme de Duras, comme celle de son héroïne, c'est d'en mourir, mourir de ne pas être aimée.

Mais avant de mourir, Mme de Duras, non sans esprit de défi, se fit sœur de Chateaubriand en écriture (« me voilà femme auteur, vous les détestez », lui écrit-elle en 1822). *Ourika* est pour une part une réplique d'*Atala*, « un *Atala* de salon », selon la formule de Louis XVIII : Ourika est comme l'héroïne de Chateaubriand une « sauvage » chrétienne. *Ourika* est aussi une réécriture au féminin de *René*, un *René* qui serait écrit selon le point de vue d'Amélie qui va ensevelir au couvent le secret de sa « passion criminelle » — l'expression est la même dans les deux romans — pour son frère.

4. *Le secret d'Ourika : l'effacement du père*

Mme de Duras emprunte à l'*Atala* et au *René* de Chateaubriand le motif du secret. Dans *Ourika*, il s'agit du secret que la jeune fille cache aux autres, la honte de sa couleur, puis celui qu'elle se cache à elle-même, sa passion pour Charles. Dans son roman *Olivier ou le Secret*, le secret n'est jamais explicitement dévoilé. Peut-être y a-t-il aussi dans *Ourika* un secret jamais levé, un non-dit que la dénégation d'Ourika — « Je n'ai point de secret » — invite à deviner.

Au début de son récit, Ourika évoque la mort de sa mère, sans rien dire de son père. Par la suite, il ne sera jamais question du maréchal de Beauvau. Pourtant c'est à lui qu'Ourika fut offerte, c'est lui qui traita peut-être davantage Ourika en fille, lui laissant par testament une dot, qui selon les *Souvenirs* de son épouse montre « combien il était occupé d'elle et de son avenir ». Mais le maréchal de Beauvau est peut-être présent dans *Ourika*, en négatif, par sa mort, transposée dans celle de la figure paternelle qu'incarne le roi. Son exécution est le « grand crime » qui inspire à Mme de B. « la plus violente douleur [...] pour proportionner l'horreur du forfait à l'immensité du forfait même ». Tous deux moururent la même année, en 1793, comme le père de Mme de Duras, mort sous le couperet de la guillotine. M. de Beauvau se prénommait... Charles. Le Charles passionnément aimé par Ourika n'est peut-être qu'un masque de la figure du père effacé de l'histoire — comme le père de Mme de Duras lui fut arraché par l'Histoire.

Groupement de textes

Figures du héros noir :
l'esclave royal

1.

Une figure fondatrice : Oroonoko

Aphra BEHN (1640-1689)

*Oroonoko ou la Véritable Histoire
de l'esclave royal* (1688)

(trad. de l'anglais par Guillaume Villeneuve,
Garnier-Flammarion)

*Si l'on doit à l'*Othello ou le Maure de Venise
*(1604) de William Shakespeare l'entrée en scène du héros
noir au théâtre, c'est une autre figure de la littérature
anglaise, la dramaturge et romancière Aphra Behn, qui
crée le premier héros noir de l'histoire du roman.* Oroonoko ou la Véritable Histoire de l'esclave royal *se
situe d'abord dans la filiation du roman baroque français
dont les héros princiers, doués de toutes les qualités phy-
siques, sociales et morales, sont souvent parés de la séduction supplémentaire de l'exotisme. Ainsi en est-il par exemple
du héros perse d'*Artamène ou le Grand Cyrus *(1649-
1653) de Georges et Madeleine de Scudéry. Oroonoko
renouvelle cette tradition en donnant au héros baroque un
nouveau visage, celui de l'Afrique.*

*Le prince Oroonoko est le petit-fils du roi de Corman-
tine, sur la Côte de l'Or, dans le Ghana actuel, dont la
narratrice dresse le portrait suivant :*

C'est alors encore, au terme de cette guerre qui
s'était poursuivie durant deux ans, que le prince
vint à la cour ; il n'y avait passé au total qu'un mois
à peine, entre sa cinquième et sa dix-huitième
année ; et l'on restait stupéfait qu'il ait pu apprendre
tant d'humanité ; ou, pour mieux définir ses talents,
l'on se demandait où il avait acquis cette vraie grandeur d'âme, ces idées raffinées du véritable honneur, cette générosité absolue et cette douceur
capable des plus altières passions de l'amour et de
la galanterie, lui dont les objets étaient presque
toujours des guerriers, ou des estropiés, ou des
morts ; qui n'avait entendu d'autre bruit que ceux
de la guerre et des gémissements. Nous pouvons en
attribuer la cause pour partie aux soins d'un Français plein d'esprit et de savoir, qui, s'apercevant
qu'il lui était très profitable de devenir une sorte de
précepteur royal auprès de ce jeune Noir, et le
jugeant très éveillé, capable, délié, prit grand plaisir
à lui enseigner la philosophie morale, la langue et
les sciences, et en fut pour cela extrêmement aimé
et estimé. Une autre explication vient de ce qu'il
aimait voir, à son retour de la guerre, tous les
messieurs anglais qui traitaient dans les parages ;
non seulement il apprit leur langue mais aussi celle
des Espagnols, avec lesquels il traita par la suite des
esclaves[1]. [...]
Il était plutôt grand, mais le mieux proportionné
qu'on puisse rêver ; le sculpteur le plus célèbre
n'aurait pu réaliser un corps plus admirablement
formé des pieds à la tête. Son visage n'était pas de

---

1. Oroonoko appartient à une nation guerrière qui vend comme
esclaves ses captifs de guerre.

ce noir-brun, rouillé, qu'ont en partage la plupart
des êtres de cette nation, mais d'un ébène[1] parfait
ou d'un noir de jais[2] brillant. Il avait les yeux les
plus redoutables qui fussent et très perçants; le
blanc en était comme de la neige, ainsi que ses
dents. Son nez était droit et romain, au lieu d'être
africain et écrasé. Sa bouche, de la forme la plus
délicate qui se puisse voir, loin de ces grosses lèvres
retournées si habituelles au reste des nègres. Toute
la proportion et l'allure de son visage étaient si
nobles, si harmonieuses, que, sa couleur exceptée,
rien ici-bas n'eût été plus beau, agréable et sédui-
sant. Pas une grâce ne lui manquait, qui porte l'em-
preinte de la véritable beauté. Ses cheveux lui
tombaient sur les épaules, par le secours de l'art;
c'est-à-dire qu'il les décrêpait en se servant d'un
tuyau de plume et les gardait soigneusement pei-
gnés. Et les perfections de son esprit n'étaient pas
en reste sur celles de sa personne; car ses discours
étaient admirables sur presque tous les sujets; qui-
conque l'eût entendu parler aurait été convaincu
de l'erreur qu'il y a à croire que tout brillant esprit
ne se trouve que chez les hommes blancs, notamment ceux de la chrétienté; et aurait confessé
qu'Oroonoko était même aussi capable de bien
régner, et de gouverner aussi sagement, qu'il avait
une âme aussi grande, des maximes aussi subtiles et
était aussi respectueux du pouvoir que tout prince
civilisé dans les écoles les plus raffinées d'humanité
et de savoir, ou dans les cours les plus illustres.

Oroonoko tient son rang dans la lignée des héros
du roman occidental : valeur guerrière, code aristocratique de l'honneur et culte de l'amour, célébrés
dès le roman courtois du Moyen Âge, se conjuguent

---

1. Bois noir et poli.
2. Noir intense et brillant.

aux valeurs de la préciosité du roman baroque, telles
« les perfections de [l']esprit » ; sa capacité à « gouverner [...] sagement » rappelle aussi le portrait du
prince idéal de la Renaissance. Autant dire que
le héros africain n'est qu'un masque du héros
occidental.

Mais alors que le roman baroque français conjoint
déplacement vers un ailleurs exotique et régression
vers un passé antique, l'auteur d'*Oroonoko* écrit et
situe l'action de son récit dans un contexte historique précis, celui du développement de la traite
atlantique. Or, l'esclavage a joué un rôle essentiel
dans la construction idéologique du Noir comme
envers négatif de l'Occidental. À mesure que se
développe l'asservissement de populations noires, sa
légitimation conduit à dresser un portrait de l'Africain en sauvage, en être intermédiaire entre l'animal et l'homme — pour pouvoir n'en faire qu'une
chose. Un discours idéologique opère la réduction
de l'Africain à un corps, à un visage grotesque
— pour le priver de son visage humain — en essen-
tialisant les traits les plus opposés aux canons de la
beauté occidentale. Le portrait d'Oroonoko est à
lire dans cette perspective comme un « contre-por-
trait » : « nez droit et romain », bouche « délicate » et
cheveux décrêpés dessinent une beauté qui dément
les stéréotypes. Reste que le héros doit sa beauté à
tout ce qui l'« opposerait au reste des nègres » : il est
l'éblouissante exception qui, en dernière instance,
confirme les préjugés, et s'il peut prétendre au titre
de plus belle créature humaine, ce n'est que « sa
couleur exceptée ».

Cependant, Oroonoko doit par ailleurs une part

de sa beauté à cette couleur même, magnifiée par les métaphores de l'«ébène parfait» et du «noir de jais», formant avec des yeux et des dents «blanc[s] comme la neige» un contraste typique de l'esthétique baroque. Pour stéréotypée qu'elle soit, cette antithèse confère une séduction à la «négritude» même. Mais il y a peut-être là, dans ces yeux «redoutables» et «perçants», quelque chose de la beauté du diable… Reste que le portrait d'Oroonoko donne à admirer pour la première fois dans la littérature occidentale moderne une beauté noire.

Le portrait intellectuel et moral d'Oroonoko opère également une déconstruction de la figure esclavagiste du Noir. Oroonoko dément le préjugé de la stupidité des Africains, «l'erreur qu'il y a à croire que tout brillant esprit ne se trouve que chez les hommes blancs». Certes, c'est de la civilisation occidentale qu'Oroonoko tire son savoir, mais la réussite de son éducation doit beaucoup aux qualités naturelles de l'élève, «très éveillé, capable», animé d'une grande curiosité intellectuelle. Par-delà les limites de l'ethnocentrisme, le portrait d'Oroonoko est une belle défense et illustration universaliste de la pleine humanité du Noir. Reste que l'Africain n'accède à cette humanité exemplaire qu'en vertu de son sang royal.

Le personnage d'Oroonoko évolue lorsque, dans la suite du roman, il se retrouve esclave au Suriname, où il prend la tête d'une révolte. L'insurrection échoue, mais Aphra Behn n'en donne pas moins à admirer la figure d'un Spartacus noir.

2.

Une figure emblématique des Lumières : Ziméo

*O*roonoko connut un succès considérable dans toute l'Europe, en particulier en France. Son influence est sensible dans les œuvres des Lumières. La dénonciation de l'esclavage fut l'un des grands combats de ce mouvement, qu'il s'agisse de lutter contre ses abus ou d'en condamner le principe même. Que le discours prenne la forme d'une réflexion théorique ou celle de la fiction, *Oroonoko* est souvent une référence explicite ou implicite. Ainsi doit-on peut-être au roman d'Aphra Behn que Voltaire situe au Suriname la confrontation de son héros à la réalité de l'esclavage dans *Candide* (1759). Mais le « nègre de Suriname » n'est pas l'héritier d'Oroonoko ; loin d'être le chef d'une insurrection de la liberté, il offre l'image de la fuite solitaire et vaine. Victime étendue à terre qui appelle notre compassion et non héros à admirer, il n'est certes pas le « Spartacus noir » dont l'abbé Raynal annonce la venue dans son *Histoire des deux Indes* (1770) et dont l'abbé Grégoire, dans *De la littérature des Nègres* (1808), voit le modèle dans la figure d'Oroonoko. C'est sur le récit de Jean-François de Saint-Lambert, *Ziméo*, que l'influence du roman d'Aphra Behn est la plus directe. Saint-Lambert fut un collaborateur de l'*Encyclopédie*, de l'*Histoire des deux Indes*, et membre, comme Condorcet, auteur de *Réflexions sur l'esclavage des Nègres* (1781), et l'abbé Grégoire, de la Société des Amis des Noirs.

Jean-François de SAINT-LAMBERT
(1716-1803)

Ziméo (1769)

(dans *Trois Contes philosophiques*,
Garnier-Flammarion, « Étonnants classiques »)

Le narrateur se rend pour affaires auprès de son ami Paul Wilmouth, originaire de Philadelphie, à la Jamaïque, colonie anglaise. Comme la plupart des habitants de la Pennsylvanie, les deux hommes sont des quakers, membres d'un mouvement protestant qui devait jouer un rôle important dans la lutte anti-esclavagiste aux États-Unis. Dans Ziméo, Paul Wilmouth n'incarne pas, en matière d'esclavage, l'abolitionnisme, mais le réformisme qui consiste à en combattre les excès : c'est en effet un planteur, mais la plantation de Wilmouth offre l'image utopique d'une société harmonieusement réglée par la direction d'un bon maître. Wilmouth n'exige qu'un « travail modéré » de ses esclaves qui sont « distribués en petites familles », alors que la destruction de la cellule familiale fut l'un des maux du système esclavagiste. La plantation tout entière offre d'ailleurs le visage d'une grande famille dont Wilmouth serait le père. Après dix ans de bons et loyaux services, les esclaves sont affranchis, mais préfèrent rester à la plantation, car comme le déclarent deux esclaves : «Des perfides nous ont enlevés à nos parents, mais Wilmouth est notre père.» Cependant, aux alentours, des maîtres à la physionomie «féroce» traitent leurs esclaves avec «barbarie» et le narrateur leur attribue la responsabilité de «ces crimes que fait commettre le désespoir» : un nègre originaire du Bénin, connu sous le nom de John, a fomenté une révolte, les maîtres de deux plantations ont été massacrés et leurs esclaves ont suivi John vers «une montagne inaccessible [...] au centre de l'île» où s'est installée une «république» de nègres marrons. John devient le chef de cette communauté et la lance à l'assaut d'autres plantations. Le narrateur est alors témoin de scènes d'une terrible violence.

Le plus grand nombre des maisons étaient en feu ; deux ou trois cents tourbillons d'une flamme rouge et sombre, s'élevaient de la plaine jusqu'au sommet des montagnes ; la flamme était arrêtée à cette hauteur par un nuage long et noir, formé des douces vapeurs du matin et de la fumée des maisons incendiées. Mes regards en passant dessous de ce nuage, découvraient la mer étincelante des premiers rayons du soleil ; ces rayons éclairaient les fleurs et la belle verdure de ces riches contrées, ils doraient le sommet des montagnes et le faîte[1] des maisons que l'incendie avait épargnées. Je voyais dans quelques parties de la plaine des animaux paître avec sécurité ; dans d'autres parties, les hommes et les animaux fuyaient à travers la campagne ; des Nègres furieux poursuivaient le sabre à la main mes infortunés concitoyens ; on les massacrait au pied des orangers, des cassiers[2], des canneliers[3] en fleurs. J'entendais autour de notre habitation les ruisseaux murmurer et les oiseaux chanter ; le bruit de la mousqueterie, les cris des Blancs égorgés et des Nègres acharnés au carnage arrivaient de la plaine jusqu'à moi ; cette campagne opulente et désolée ; ces riches présents de la terre, et ces ravages de la vengeance ; ces beautés tranquilles de la nature et ces cris du désespoir ou de la fureur, me jetèrent dans des pensées mélancoliques et profondes ; un sentiment mêlé de reconnaissance pour le grand Être et de pitié pour les hommes, me fit verser des larmes.

Nous apprîmes que John égorgeait sans pitié les hommes, les femmes et les enfants, dans les habitations où les Nègres avaient reçu de mauvais traitements, que dans les autres il se contentait de donner la liberté aux esclaves ; qu'il mettait le feu à toutes

---

1. Partie la plus haute.
2. Arbres tropicaux.
3. Arbre dont on tire la cannelle.

les maisons dont les maîtres s'étaient éloignés. [...] une trentaine d'hommes se détacha de cette petite armée et s'avança vers nous, le terrible John était à leur tête.

John, ou plutôt Ziméo, car les Nègres marrons quittent d'abord ces noms européens qu'on donne aux esclaves qui arrivent dans les colonies, Ziméo était un jeune homme de vingt-deux ans : les statues d'Apollon[1] et de l'Antinoüs[2] n'ont pas des traits plus réguliers et de plus belles proportions. Je fus frappé surtout de son air de grandeur. Je n'ai jamais vu d'homme qui me parût, comme lui, né pour commander aux autres : il était encore animé de la chaleur du combat ; mais en nous abordant, ses yeux exprimaient la bienveillance et la bonté, des sentiments opposés se peignaient tour à tour sur son visage ; il était presque dans le même moment triste et gai, furieux et tendre. « J'ai vengé ma race et moi, dit-il ; hommes de paix, n'éloignez pas vos cœurs du malheureux Ziméo : n'ayez point d'horreur du sang qui me couvre, c'est celui des méchants ; c'est pour épouvanter le méchant que je ne donne point de bornes à ma vengeance. Qu'ils viennent de la ville, vos tigres, qu'ils viennent et ils verront ceux qui leur ressemblent pendus aux arbres et entourés de leurs femmes et de leurs enfants massacrés : hommes de paix, n'éloignez pas vos cœurs du malheureux Ziméo… Le mal qu'il veut vous faire est juste. » Il se tourna vers nos esclaves et leur dit : « Choisissez de me suivre dans la montagne, ou de rester avec vos maîtres. »

À ces mots, nos esclaves entourèrent Ziméo et lui parlèrent tous à la fois ; tous lui vantaient les bontés de Wilmouth et leur bonheur, ils voulaient conduire Ziméo à leurs cabanes, et lui faire voir combien

---

1. Dieu grec des arts.
2. Jeune homme de l'Antiquité romaine, célèbre pour sa beauté.

elles étaient saines et pourvues de commodité, ils
lui montraient l'argent qu'ils avaient acquis. Les
affranchis venaient se vanter de leur liberté ; ils
tombaient ensuite à nos pieds, et semblaient fiers
de nous baiser les pieds en présence de Ziméo. [...]
Tous ces Nègres juraient qu'ils perdraient la vie
plutôt que de se séparer de nous ; tous avaient les
larmes aux yeux et parlaient d'une voix entrecou-
pée : tous semblaient craindre de ne pas exprimer
avec assez de force, les sentiments de leur amour et
de leur reconnaissance.
Ziméo était attendri, agité, hors de lui-même, ses
yeux étaient humides...

Ziméo a en commun avec Oroonoko la jeunesse,
la beauté classique digne de la statuaire antique, la
grandeur d'un homme « né pour commander aux
autres » — autrement dit, la nature princière d'un
héros dont on apprendra qu'il est le fils d'un roi du
Bénin.

Mais, parce que le héros noir est identifié d'emblée avec la figure de l'esclave révolté, il semble
d'abord offrir le visage d'un anti-héros, un visage
terrible, à l'image de la violence apocalyptique dont
il est l'initiateur. Dans un effroyable spectacle de
dévastation, la couleur noire est le signe de l'entreprise de destruction de « Nègres furieux » massa-
crant les « infortunés concitoyens » dont le narrateur
semble embrasser le parti par l'emploi du possessif
« mes ». Pourtant, le texte construit moins une opposition entre les esclaves « acharnés au carnage » et les
maîtres victimes, qu'entre la nature et les hommes :
les « cris du désespoir ou de la fureur » inspirent au
narrateur une même pitié ; en contraste avec l'harmonie de la nature créée par un Dieu bon, la bar-

barie coloniale introduit le mal dont sont finalement victimes aussi bien les égorgés que les égorgeurs. Ainsi le « terrible John » offre-t-il ensuite le visage d'un héros pathétique au « malheureux Ziméo ». Dans le sillage du rousseauisme, Ziméo représente « la bienveillance et la bonté » naturelles de l'homme. Si son visage exprime des sentiments opposés, c'est que Ziméo est déchiré par la contradiction entre sa bonté native et le mal juste auquel « les méchants » le condamnent.

L'héroïsation de l'esclave révolté confère au récit de Saint-Lambert une portée subversive. Cependant, il s'agit moins de mettre en scène l'éradication de l'esclavage que le châtiment de ses abus. Ziméo distingue les mauvais des bons maîtres, tels Wilmouth et le narrateur, et s'attendrit de voir les affranchis « fiers de [leur] baiser les pieds en [sa] présence ». À côté de la figure héroïque d'un Spartacus noir, le récit de Saint-Lambert met aussi en scène le type du « nègre fidèle » à son bon maître.

Ziméo est ainsi représentatif des ambiguïtés de la littérature des Lumières à l'égard de l'esclavage, oscillant, d'un auteur à l'autre, voire dans les écrits d'un même auteur, entre abolitionnisme et réformisme, entre rêve d'un Spartacus noir et exaltation du nègre fidèle : et si un héros noir se levait, non pas seulement dans le roman, mais dans le monde réel, et qui plus est, non pas au Suriname ou à la Jamaïque, mais dans une colonie française ? Le vent de la Révolution soufflera à Saint-Domingue, « perle des Antilles » françaises et théâtre d'une insurrection des « libres de couleur » en 1790, puis des esclaves en 1791. La figure du Spartacus noir se dresse en la personne de Toussaint Louverture et Saint-Domingue devient en 1804 la République d'Haïti.

3.

Une figure du héros romantique : Bug-Jargal

En 1826, l'année qui suit la reconnaissance par Charles X de l'indépendance d'Haïti, le jeune Victor Hugo publie une seconde version d'un roman d'abord paru en 1820, *Bug-Jargal*.

Victor HUGO (1802-1885)

Bug-Jargal (1826)

(dans *Le Dernier Jour d'un condamné*, « Folio Classiques » n° 919)

Le narrateur, Léopold d'Auverney, grandit à Saint-Domingue, où son oncle, riche planteur, se comporte en despote à l'égard de ses huit cents esclaves. Léopold et la fille de son oncle, Marie, qu'il doit bientôt épouser, sont impuissants à tempérer la cruauté du maître. Malgré cette compassion envers les esclaves maltraités, Léopold n'est pas affranchi du « préjugé de couleur » : il déplore « ce désastreux décret du 15 mai 1791, par lequel l'Assemblée nationale de la France admettait les hommes de couleur libres à l'égal partage des droits politiques avec les blancs », « cette loi, qui blessait si cruellement l'amour-propre, peut-être fondé, des blancs ». Mais une singulière rencontre va l'amener à réviser une part de ses préjugés.

Dans l'obscurité de la nuit, un inconnu se rend auprès du pavillon où repose Marie pour lui chanter des romances

espagnoles. Un soir, Léopold décide de surprendre ce
rival.

Vers le milieu de la nuit, un prélude mélancolique
et grave, s'élevant dans le silence à quelques pas de
moi, éveilla brusquement mon attention. Ce bruit
fut pour moi comme une secousse ; c'était une guitare ; c'était sous la fenêtre même de Marie ! Furieux,
brandissant mon poignard, je m'élançais vers le
point d'où ces sons partaient, brisant sous mes pas
les tiges cassantes des cannes à sucre. Tout à coup
je me sentis saisir et renverser avec une force qui
me parut prodigieuse ; mon poignard me fut vio-
lemment arraché, et je le vis briller au-dessus de ma
tête. En même temps deux yeux ardents étince-
laient dans l'ombre tout près des miens, et une
double rangée de dents blanches que j'entrevoyais
dans les ténèbres, s'ouvrait pour laisser passer ces
mots, prononcés avec l'accent de la rage : *Te tengo !*
te tengo[1] *!*

Plus étonné encore qu'effrayé, je me débattais vai-
nement contre mon formidable adversaire, et déjà
la pointe de l'acier se faisait jour à travers mes vêtements, lorsque Marie, que la guitare et ce tumulte
de pas et de paroles avaient réveillée, parut subite-
ment à la fenêtre. Elle reconnut ma voix, vit briller
un poignard, et poussa un cri d'angoisse et de terreur. Ce cri déchirant paralysa en quelque sorte la
main de mon antagoniste victorieux : il s'arrêta
comme pétrifié par enchantement ; promenant
encore quelques instants avec indécision le poignard
sur ma poitrine, puis le jetant tout à coup : — Non !
dit-il, cette fois en français, non ! elle pleurerait
trop !

[…] je ne pouvais me dissimuler qu'il y avait bien
quelque générosité dans le sentiment qui avait décidé
mon rival inconnu à m'épargner. Mais ce rival, quel

---

1. « Je te tiens ! »

était-il donc? [...] L'individu avec qui j'avais lutté m'avait paru nu jusqu'à la ceinture. Les esclaves seuls dans la colonie étaient ainsi à demi vêtus. Mais ce ne pouvait être un esclave ; des sentiments comme celui qui lui avait fait jeter le poignard ne me semblaient pas pouvoir appartenir à un esclave ; et d'ailleurs tout en moi se refusait à la révoltante supposition d'avoir un esclave pour rival.

Le rival mystérieux continue à chanter à Marie des romances, telles que celle-ci : « Et pourquoi repousserais-tu mon amour, Maria ? Je suis roi, et mon front s'élève au-dessus de tous les fronts humains. Tu es blanche, et je suis noir ! » Le lendemain, un crocodile pénètre dans le pavillon de Marie, mais la jeune fille est sauvée par l'intervention d'un esclave. Et si celui-ci était le rival de Léopold ?

Ce nègre, d'une taille presque gigantesque, d'une force prodigieuse, pouvait bien être le rude adversaire contre lequel j'avais lutté la nuit précédente. La circonstance de la nudité devenait d'ailleurs un indice frappant. Le chanteur du bosquet avait dit : — Je suis noir. — Similitude de plus. Il s'était déclaré roi, et celui-ci n'était qu'un esclave, mais je me rappelais, non sans étonnement, l'air de rudesse et de majesté empreint sur son visage au milieu des signes caractéristiques de la race africaine, l'éclat de ses yeux, la blancheur de ses dents sur le noir éclatant de sa peau, la largeur de son front, surprenante surtout chez un nègre, le gonflement dédaigneux qui donnait à l'épaisseur de ses lèvres et de ses narines quelque chose de si fier et de si puissant, la noblesse de son port, la beauté de ses formes, qui, quoique maigries et dégradées par la fatigue d'un travail journalier, avaient encore un développement pour ainsi dire herculéen ; je me représentais dans son ensemble l'aspect imposant de cet esclave, et je me disais qu'il aurait bien pu convenir à un roi. [...] Et parce que cet esclave m'avait adressé quelques mots en espagnol, était-ce une raison pour le supposer auteur d'une romance en cette langue, qui annonçait nécessairement un degré de culture d'esprit selon mes idées tout à fait inconnu aux nègres ? Quant à ce reproche singulier qu'il m'avait adressé d'avoir tué le crocodile, il annonçait chez l'esclave un dégoût de la vie que sa position expliquait d'elle-même, sans qu'il fût besoin, certes, d'avoir recours à l'hypothèse d'un amour impossible pour la fille de son maître.

Léopold se fait l'écho des stéréotypes que le « préjugé de couleur » attache à la figure du Noir : dans le contexte où lui apparaît pour la première fois l'esclave, les « yeux ardents », la « double rangée de dents blanches » — menace de dévoration — et les « ténèbres » avec lesquelles se confond sa peau forment un terrifiant contraste ; l'accent de la rage évoque un être sauvage. Lorsque le même homme lui apparaît une seconde fois, sous le visage du sauveur de Marie, Léopold est surpris de la « largeur de son front », signe d'intelligence selon les clichés de la physiognomonie.

Le lecteur, avant Léopold, se rend à l'évidence : l'esclave et le rival ne font qu'un, c'est bien lui qui a eu la générosité de l'épargner par amour pour Marie ; il ne parle pas le « petit nègre » mais le français et manie l'espagnol en poète. Le noir de sa peau est le reflet de la mélancolie qui lui confère le prestige d'un héros romantique. L'esclave amoureux de la fille de son maître est, à l'image du héros éponyme de *Ruy Blas* (1838), valet amoureux de la reine d'Espagne, un « ver de terre amoureux d'une étoile ». « Ver de terre » par sa condition d'esclave, non sa nature : la « majesté » de son visage, « la noblesse de

son port » sont le signe d'une naissance princière
— on apprendra que l'esclave, rebaptisé Pierrot, est
le fils du roi de Kakango — et d'une noblesse morale.
La « beauté de ses formes » rappelle celle d'Oroonoko et de Ziméo.

Mais Hugo insiste moins sur l'harmonie du corps
de l'esclave que sur sa « taille presque gigantesque »,
sa « force prodigieuse » : elles l'apparentent moins à
un Apollon qu'à un Hercule et font sourdre l'inquiétude. En 1791 à Saint-Domingue, après la révolte
des « libres de couleur », la peur d'une révolte des
esclaves est à son comble. Quand éclate l'insurrection, Pierrot, sous son nom de Bug-Jargal, ne se met
à la tête des esclaves du Morne-Rouge que pour
venger sa famille, décimée par les traitements infli-
gés par de mauvais maîtres, et protéger Marie et
Léopold de la violence apocalyptique de l'insurrection. La mélancolie romantique de Bug-Jargal neu-
tralise la vocation de Spartacus noir à laquelle il
pourrait prétendre…

Pour aller plus loin

Anthologies et études

Fictions coloniales du XVIIIᵉ siècle, L'Harmattan, 2005.

Nouvelles du héros noir : Anthologie (1769-1847),
    L'Harmattan, 2009.

Léon-François HOFFMANN, *Le Nègre romantique*,
    Payot, 1973.

**La déconstruction des mythes
de « l'esclave royal » et du « nègre fidèle »**

Prosper MÉRIMÉE, *Tamango*, 1829, « Classiques
    Hatier » : l'ironie de Mérimée s'exerce aussi

bien contre le négrier Ledoux que contre l'esclave révolté Tamango, envers parodique d'Oroonoko et ses avatars.

Eugène SUE, *Atar-Gull*, 1831, dans *Romans de mort
et d'aventures*, Robert Laffont, « Bouquins », 1993 ;
et Hermann MELVILLE, *Benito Cereno*, 1855,
Gallimard, « Folio bilingue », 1994 : le nègre
fidèle comme masque de la vengeance ou de la
révolte.

Une autre figure mythique de l'esclave :
le « Christ noir »

Harriet BEECHER STOWE, *La Case de l'oncle
Tom* (1852), « Folio Junior », Gallimard, 1999.

William STYRON, *La Confession de Nat Turner*,
1966, Gallimard, « Folio », 1969 : inspiré d'une
figure historique, leader en 1831 d'une révolte
d'esclaves en Virginie, le personnage de Styron
est un anti-oncle Tom ; il voit dans la Bible non
un missel de résignation sublime mais un appel
à l'extermination des Blancs. Roman intéres-
sant aussi par le parallèle qu'on peut faire avec
Ourika : le romancier prête sa voix à une narration à la première personne d'un esclave noir ;
par ailleurs, parce qu'il apprend à lire et que
son maître entreprend de l'« élever intellec-
tuellement », Nat Turner croit jouir d'un statut privilégié. Il en vient à mépriser les autres
esclaves, comme Ourika prend « un grand
dédain pour tout ce qui n'était pas ce monde
où [elle] passai[t] sa vie », jusqu'à ce qu'il sur-
prenne une conversation (comme Ourika) lui
rappelant qu'il n'est lui-même qu'un « esclave »
(pp. 213-215).

Chronologie

Madame de Duras et son temps

1.

« la mélancolie prématurée
qui atteignit leurs âmes » (1777-1793)

L'existence de Claire de Duras s'inscrit par ses ascendants dans l'histoire coloniale de la France. Son arrière-grand-père maternel, François d'Alesso, marquis d'Éragny, fut, à la fin du XVIIᵉ siècle, gouverneur des Antilles françaises, et ses descendants se fixent à la Martinique, où ils deviennent l'une des plus riches familles de planteurs. Le père de Claire de Duras, le comte de Kersaint, poursuit une brillante carrière d'officier de marine qui le conduit notamment à la Martinique, où il épouse en 1772 Claire d'Alesso d'Éragny. De cette union naît à Brest, le 27 février 1777, Claire de Kersaint, enfant unique et très choyée.

Le comte de Kersaint est une figure emblématique de l'aristocratie libérale : il publie en 1788 *Le Bon Sens* où il attaque la société d'ordres et les privilèges de l'Ancien Régime. Il est, en 1789, l'un des membres fondateurs de la Société des Amis de la

Constitution, puis membre de l'Assemblée législative. En 1792, il propose, dans une brochure intitulée *Suite des moyens proposés à l'Assemblée nationale pour rétablir la paix dans les colonies*, un plan d'affranchissement progressif des esclaves.

Après la dissolution de tous les ordres religieux, Claire de Kersaint doit quitter le couvent de Panthemont où elle avait été placée deux ans auparavant pour y recevoir l'éducation religieuse et mondaine (un maître de ballet y dispensait des leçons) destinée à préparer son entrée dans le monde. Mais à sa sortie du couvent, c'est à une double catastrophe, familiale et historique, qu'est confrontée l'adolescente : ses parents sont légalement séparés, les massacres de Septembre ensanglantent la capitale. Élu à la Convention, le comte de Kersaint refuse de voter la mort du roi. Il sera donc l'une des victimes de la Terreur : il est guillotiné le 5 décembre 1793. Sa femme et sa fille apprennent la nouvelle par un crieur public alors qu'elles embarquent pour la Martinique.

Cette expérience bouleversante marque à jamais Claire de Duras, qui écrira dans un roman inachevé et inédit, *Les Mémoires de Sophie* : « Hélas ! à l'époque funeste où nous avons vécu, la jeunesse s'est flétrie dans sa fleur [...]. Ceux dont la jeunesse a vu la Terreur n'ont jamais connu la franche gaieté de leurs pères, et ils porteront au tombeau la mélancolie prématurée qui atteignit leurs âmes. » Le rideau tombe sur l'heureux XVIIIᵉ siècle ; le temps de la « franche gaieté » française célébrée par Beaumarchais est révolu, voici venu le temps du « mal du siècle ».

mai 1789   Réunion des États généraux.

9 juillet 1789   Les biens du clergé sont saisis et deviennent biens nationaux.

novembre 1789-février 1790   Abolition des vœux monastiques et dissolution des ordres contemplatifs ; seuls les couvents qui se consacrent à des œuvres de charité ou à l'éducation restent ouverts.

juillet 1790   Constitution civile du clergé.

22 août 1791   Insurrection des esclaves de Saint-Domingue.

octobre 1791   Assemblée nationale législative.

avril 1792   Déclaration de guerre à l'Autriche. Le prince de Condé à la tête de l'armée des émigrés.

10 août 1792   Prise des Tuileries, le roi est démis de ses fonctions et la famille royale emprisonnée au Temple.

18 août 1792   Fermeture de tous les couvents restés ouverts.

2-7 septembre 1792   Massacres de détenus dans les prisons parisiennes.

21-22 septembre 1792   Première séance de la Convention nationale. Abolition de la royauté et proclamation de la République.

octobre 1792   Les émigrés sont bannis à perpétuité, leurs biens confisqués.

21 janvier 1793   Exécution de Louis XVI.

juin 1793   Début de la Terreur.

octobre 1793   Fermeture des clubs féminins.

4 février 1794   Abolition de l'esclavage.

2.

Les années d'exil (1794-1814)

Claire de Kersaint connaît alors l'épreuve de l'exil, comme les deux grandes figures fondatrices du romantisme français, Germaine de Staël et Chateaubriand. Elle gagne avec sa mère Philadelphie, puis, à en croire les *Mémoires* de la comtesse de Boigne, la Martinique, où, selon Sainte-Beuve, elle gère les possessions de sa mère. Selon ce témoignage indirect et controversé, Claire de Kersaint aurait donc eu une expérience directe du fonctionnement d'une plantation coloniale. Quoi qu'il en soit, ces possessions sont vendues, Claire et sa mère gagnent la Suisse, puis l'Angleterre. La fortune maternelle permet à Claire de faire un « beau mariage » : elle épouse en 1797 le marquis Durfort de Duras (qui deviendra duc de Duras à la mort de son père en 1800), héritier d'une grande famille ruinée par la confiscation des biens des émigrés et premier gentilhomme de la chambre du roi en exil, le futur Louis XVIII.

Si elle ne vit pas ces années anglaises, comme Chateaubriand, dans l'isolement et la misère, la fille du comte de Kersaint n'est guère à sa place dans cette cour d'Ancien Régime où on la traite d'abord en paria : peu de temps après son mariage, c'est de nouveau à son époux que revient de tenir la charge tournante de premier gentilhomme ; selon la comtesse de Boigne, on fait alors savoir au marquis que « la fille d'un Conventionnel ne serait pas admise auprès de la duchesse d'Angoulême » (la fille de Louis XVI et Marie-Antoinette) alors même que le comte de Kersaint a été guillotiné pour s'être opposé à l'exécution de Louis XVI !

À l'opprobre semble s'être bientôt ajoutée une première déception sentimentale : l'amour que Mme de Duras porte à son mari n'est guère payé de retour. L'épouse reporte son amour sur ses enfants, et plus particulièrement sur l'aînée des deux filles qui naîtront de cette union, Félicie, née en 1798, et Claire, dite Clara, née en 1799. En 1807, la fortune de la duchesse de Duras permet l'achat du château d'Ussé, en Touraine, où les Duras résident la plupart du temps jusqu'à la fin de l'Empire. C'est dans cette période de relatif « exil intérieur » que Mme de Duras rencontre Chateaubriand, en 1808, et marie Félicie au prince de Talmont, en 1813.

27-28 juillet 1794   Arrestation et exécution sans procès des robespierristes.

Octobre 1795   Début du Directoire.

9 novembre 1799   Coup d'État du 18 brumaire de Napoléon Bonaparte, début du Consulat, Bonaparte Premier consul.

1801   Concordat signé entre Bonaparte et le pape Pie VII. Réouverture des lieux de culte et des couvents qui n'ont pas été vendus pendant la Révolution.
Retour progressif des émigrés, clandestinement ou après leur radiation de la « Liste des émigrés » s'ils prêtent un serment de fidélité au nouveau régime.

mai 1802   Rétablissement de l'esclavage.

1er janvier 1804   Indépendance d'Haïti (Saint-Domingue).

mars 1804   Promulgation du Code civil.

18 mai 1804   Proclamation de l'Empire.

2 décembre 1804   Sacre de Napoléon.

3.

Retour en grâce (1814-1819)

Avec la Restauration, les Duras sont au cœur de la Cour qui s'installe aux Tuileries. Mais comme à l'époque de la Révolution, la duchesse fait une nouvelle fois l'expérience de la conjonction des tourmentes de l'Histoire et d'une tragédie personnelle : sa mère meurt pendant les Cent-Jours, alors que la Cour s'est réfugiée à Gand. Après la seconde Restauration cependant, plus rien ne semble contrarier la position sociale de la duchesse de Duras qui tient désormais, aux Tuileries ou dans son hôtel particulier de la rue de Varenne, l'un des salons les plus brillants de l'époque ; elle peut assouvir l'ambition d'« occuper la première place dans la société où elle vivait » que lui prête la marquise de La Tour du Pin en même temps qu'elle lui rend ce perfide hommage :

> Ne pouvant se distinguer par la beauté du visage, elle avait eu le bon sens de renoncer à y prétendre. Elle visa à briller par l'esprit, chose qui lui était facile, car elle en avait beaucoup.

Mais ce salon s'illustre surtout parce qu'il réunit libéraux et ultras, à l'image du couple que forment le duc de Duras, « plus duc que feu monsieur de Saint-Simon » selon la comtesse de Boigne, et la duchesse qui, fidèle aux idées de son père, « faisait bande à part dans ce monde extravagant », en faisant montre de « beaucoup plus de libéralisme que sa position semblait en comporter ». Sa position privi-

légiée lui permet aussi de servir la carrière de son
« frère » Chateaubriand : c'est à l'entremise de la
duchesse et de son époux que l'« Enchanteur » doit
la plupart des fonctions ministérielles et diplomati-
ques qu'il occupera.

Mais alors même qu'augmente l'éclat mondain de
la « grande dame », la duchesse s'enfonce dans la
mélancolie : « Elle s'était fait un entourage charmant,
au milieu duquel elle se mourait de chagrin et de
tristesse », observe la comtesse de Boigne. À la souffrance de voir Chateaubriand s'attacher toujours
davantage à Mme de Récamier, à partir de 1817,
s'ajoutent les soucis que lui causent les mariages de
ses filles. La duchesse doit céder face à son mari qui
refuse de laisser Clara épouser un roturier (ce refus
d'une mésalliance inspirera à la duchesse l'un de ses
romans, *Édouard*). En 1818, Astolphe de Custine
rompt son engagement avec Clara trois jours avant
la signature du contrat de mariage. En 1824, l'homosexualité de Custine sera de notoriété publique
et passera pour donner la clé du « secret » d'*Olivier*,
autre roman à venir de la duchesse. Clara épouse
finalement, en 1819, le duc de Rauzan.

Cette même année, Félicie, veuve dès 1815, se
remarie, malgré l'opposition de sa mère, au comte
Auguste de La Rochejaquelein, frère de deux « héros »
de la guerre de Vendée et ultra s'il en fut jamais. En
digne fille de Conventionnel, la duchesse n'assiste
pas à la cérémonie. Après son mariage, Félicie s'éloi-
gnera toujours plus de sa mère au profit de sa belle-
famille — éloignement dont la duchesse écrira, dans
une lettre de 1823 à son amie Rosalie de Constant,
qu'il est une « douleur dont rien ne peut [la] consoler », une « pensée déchirante qui ne [la] quitte

jamais ». Dès lors, la duchesse subit les premières
atteintes d'une « maladie » dont elle ne devait jamais
guérir : troubles digestifs, douleurs, étouffements…
Sans doute s'agit-il des manifestations somatiques
d'une profonde dépression à laquelle on doit cependant la naissance d'un écrivain.

---

avril 1814   Abdication de Napoléon, exil à l'île
              d'Elbe, et première Restauration : début
              du règne de Louis XVIII.
20 mars-22 juin 1815   Les Cent-Jours : après
              avoir quitté l'île d'Elbe, Napoléon reprend
              le pouvoir. Fuite de Louis XVIII et de sa
              Cour à Gand.
18 juin 1815   Défaite de Waterloo. Napoléon
              abdique à nouveau et est exilé à Sainte-
              Hélène. Seconde Restauration.

4.

Naissance à l'écriture (1820-1826)

À en croire Sainte-Beuve, « ce fut par hasard si
[Mme de Duras] devint auteur » :

> En 1820 seulement, ayant un soir raconté avec détail
> l'anecdote réelle d'une jeune négresse élevée chez
> la maréchale de Beauvau, ses amis, charmés de ce
> récit (car elle excellait à raconter), lui dirent : « Mais
> pourquoi n'écririez-vous pas cette histoire ? »

Plus que par son caractère fortuit et involontaire
— c'est là un *topos* (lieu commun) de la vocation
littéraire féminine au XIXe siècle —, c'est par la sou-
daineté de son éclosion et sa brièveté que frappe la

carrière d'écrivain de la duchesse de Duras. Se reti-
rant fréquemment dans sa maison d'Andilly, c'est
entre 1821 et 1822 qu'elle écrit *Ourika, Édouard, Olivier ou le Secret.*

Ourika n'est imprimée une première fois qu'à la
fin de 1823 ; il s'agit d'une publication anonyme et
non commerciale de quelques dizaines d'exemplaires,
destinés à circuler dans l'entourage de la duchesse.
C'est seulement en avril 1824, suite à la parution
d'une édition pirate, que Mme de Duras se décide à
publier, toujours anonymement, *Ourika*. Le succès
est immédiat. La publication d'*Édouard*, en 1825, se
fait également en deux temps, le roman paraissant
d'abord à quelques dizaines d'exemplaires hors commerce, avant d'être publié avec la mention « par
l'auteur d'*Ourika* » qui lui assure le succès. L'iden-
tité de cet auteur n'est un secret pour personne.

L'année suivante, la duchesse s'apprête peut-être
à publier *Olivier ou le Secret*. Rédigé en 1822, ce roman
épistolaire traite d'un sujet tabou, qu'il s'agisse de
l'homosexualité — si l'on prend pour « clé » du personnage d'Olivier Astolphe de Custine — ou de
l'impuissance —, si l'on en juge par une lettre de la
duchesse à Chateaubriand selon laquelle le modèle
de son héros serait Charles de Simiane, qui, déses-
péré d'être atteint de cette « infirmité », s'était sui-
cidé. La duchesse, en tout cas, entend laisser planer
l'ambiguïté :

> Je ne prononcerai jamais le mot, et cela s'appellera
> « le secret », devine qui voudra, cela pourra être
> autre chose.

Mais Henri de Latouche publie un *Olivier* licen-
cieux, attribué à la duchesse elle-même. Face au scan-
dale suscité par cette supercherie littéraire, Mme de

Duras renonce à publier son propre roman, alors que Stendhal s'empare de ce qu'il en connaît pour créer *Armance*, roman paru en 1827. La duchesse, elle, ne publiera plus que, cette même année, des *Pensées de Louis XIV, extraites de ses ouvrages et de ses lettres manuscrites*, laissant inédits deux romans écrits entre 1822 et 1824, *Le Moine* et *Les Mémoires de Sophie*. Elle semble avoir cessé d'écrire et vit de plus en plus retirée dans sa maison de Saint-Germain-en-Laye.

1824   Mort de Louis XVIII et début du règne de
        son frère Charles X.
avril 1825   La France reconnaît l'indépendance
        d'Haïti, en échange d'une indemnisation
        des colons.

5.

Une incurable mélancolie (1826-1828)

Après 1826, l'état physique et mental de la duchesse ne cesse de se dégrader, des attaques de paralysie s'ajoutant aux symptômes habituels. Elle cherche certes un secours dans la foi, qui lui inspire des *Réflexions et prières*, publiées en 1839, et qui amènent Sainte-Beuve à conclure ainsi le portrait qu'il consacre à la duchesse :

> Une vie passionnée et pure, avec une fin admirablement chrétienne, comme on en lit dans les histoires de femmes illustres au dix-septième siècle.

Mais la correspondance avec Rosalie de Constant est moins édifiante ; en 1824, la duchesse écrit à son amie que sa «dévotion ne vaut rien puisqu'elle ne remplit rien et ne [la] console pas» et, d'après sa dernière lettre, «le silence est le seul plaisir qui [lui] reste».

La duchesse est alors à Nice où elle est partie pour se soigner, mais elle y meurt le 16 janvier 1828, succombant enfin «à un état de souffrance qui l'avait longtemps fait qualifier de malade imaginaire et lassé surtout la patience de son mari», selon la comtesse de Boigne. D'après ses *Mémoires*, les épitaphes que sa mort inspira à son mari et à Chateaubriand confirment que la duchesse ne connut pas le bonheur d'être aimée : Chateaubriand «a à peine consenti à tracer un article bien froid dans une gazette pour honorer les cendres de Mme de Duras qui, pendant douze ans, n'avait vécu que pour lui» ; la comtesse donne du «deuil» de l'époux un tableau sarcastique :

> Elle [la seconde épouse du duc] fournissait à son mari l'occasion de s'écrier naïvement, quelques semaines après son remariage : «Ah ! mon ami, tu ne peux pas comprendre le bonheur d'avoir plus d'esprit que sa femme !» Il est certain que la première madame de Duras ne l'avait pas accoutumé à cette jouissance.

Pour paraphraser une formule fameuse de Mme de Staël, l'esprit semble avoir été pour Mme de Duras «le deuil éclatant du bonheur».

Pour aller plus loin

Mémoires de la marquise de La Tour du Pin, Mercure de France, «Le Temps retrouvé», 1989.

Mémoires de la comtesse de Boigne, Mercure de France, «Le Temps retrouvé», 1999.

Éléments pour une
fiche de lecture

Regarder le tableau

- Observez les éléments caractérisant les deux jeunes filles (costumes, accessoires, position, lumière). Comment le tableau vous semble-t-il organisé ? Que pensez-vous du titre ?

- Les contrastes entre la jeune fille blanche et la jeune fille noire vous semblent-ils correspondre aux catégorisations habituelles ? D'après vous, pourquoi ? Les deux jeunes filles sont-elles si différentes ? Qu'a voulu dire le peintre ?

Le genre : entre roman et nouvelle

- Faites la part de ce qui apparente *Ourika* au genre du roman ou à celui de la nouvelle en remplissant le tableau suivant :

	Roman	Nouvelle
Longueur du texte		
Personnages principaux		
Lieux de l'action		
Durée (approximative) de l'action		
Présence d'un effet de chute ?		

Le récit-cadre : le *topos* de la rencontre de l'étranger

- Montrez que le narrateur apparaît comme une figure emblématique des Lumières.
- Étudiez le portrait physique que le narrateur trace de la religieuse. Quelles sont les seules parties de son visage caractérisées par des adjectifs mélioratifs ?
- Montrez que tout oppose le narrateur et la religieuse. Quelle relation se noue cependant entre les deux personnages ? Qu'est-ce qui, plus que le traitement, peut expliquer la rémission apparente de la religieuse ?

Le paradis perdu d'Ourika

- Montrez que le milieu dans lequel grandit Ourika est une élite sociale, économique et intellectuelle.
- Quels éléments montrent que Mme de B. a élevé Ourika « comme si elle était [sa] fille » ?

- Montrez l'assimilation d'Ourika à la société dans laquelle elle a grandi. Vous vous appuierez notamment sur un relevé :
  — des jugements que porte Ourika sur les événements révolutionnaires ;
  — des références littéraires et culturelles qui émaillent l'ensemble de son récit.

La scène du bal : le « triomphe » d'Ourika ?

- Pourquoi Mme de B. a-t-elle organisé le bal ? Selon vous, pourquoi n'a-t-elle pas averti ses invités du « véritable motif » du bal et a-t-elle pris ses petits-fils pour prétexte ?
- Quelle double explication Ourika donne-t-elle du succès qu'elle rencontre ? En quoi cette explication est-elle révélatrice de l'ambiguïté de sa position sociale ?
- Pourquoi le danseur d'Ourika revêt-il un crêpe ? Quelles significations symboliques peut prendre ce crêpe ?
- La *Comba* peint « l'amour, la douleur, le triomphe et le désespoir ». En quoi cette formule symbolise-t-elle la place qu'occupe la scène du bal dans la progression de l'intrigue ?

La conversation entre Mme de B. et la marquise

- Quelle est la valeur symbolique du paravent dans cette scène ?

L'histoire d'une « passion criminelle »

- Avant la conversation entre Ourika et la marquise, quels sentiments Ourika croit-elle nourrir à l'égard de Charles ?
- À partir du retour de Charles de l'étranger, mettez en évidence les principales étapes de la dégradation de l'état physique et moral d'Ourika. Quelle explication peut-on alors donner à cette dégradation ?
- Étudiez le personnage d'Anaïs de Thémines. Comparez (analogies et différences) Anaïs et Ourika. Dans le portrait d'Anaïs, quelle figure de style souligne leur principale différence ?
- En quoi la passion d'Ourika pour Charles serait-elle « criminelle » ?
- Quel est le premier mot du récit d'Ourika ? Quel est son dernier mot ? Commentez cette progression.

L'histoire d'une vocation ?

- Dans le récit-cadre comme dans le récit d'Ourika, relevez les commentaires par lesquels la religieuse juge sa vie passée à la lumière de sa foi.
- Pour quelle raison Ourika décide-t-elle d'entrer en religion après sa conversation avec le prêtre ?
- Quelle autre explication de son entrée au couvent Ourika donne-t-elle dans la dernière phrase de son récit ?
- Lorsqu'il aperçoit la religieuse, le narrateur voit d'abord le « grand voile noir » qui « l'enveloppait presque tout entière ». Quelle lumière cette pre-

mière image d'Ourika peut-elle jeter sur sa vocation religieuse ?

Ourika, une figure de la condition féminine

• Dans l'ensemble du roman, en quoi les personnages de Charles et d'Ourika permettent-ils de
  mettre en scène les limites de la condition féminine ? Vous étudierez notamment leurs éduca-
  tions respectives.

Ourika, une héroïne tragique

• Quel sentiment le narrateur du récit-cadre éprouve-
  t-il pour Ourika ? En quoi ce sentiment annonce-
  t-il la tragédie dont Ourika va faire le récit ?
• Dans le récit que fait Ourika de son enfance
  heureuse, relevez les anticipations qui annon-
  cent que ce bonheur sera de courte durée.
• Ourika fait au début de son récit référence à
  la figure mythologique de Galatée. D'après les
  informations données en note, comparez Ourika
  et Galatée. Montrez que les différences entre les
  deux personnages résument en quelque sorte le
  sort tragique d'Ourika.
• Quelles remarques pouvez-vous faire concernant
  le nom de l'héroïne ? En quoi ce nom est-il le
  symbole de sa destinée tragique ?

Recherches iconographiques

• Il existe deux tableaux représentant la « vraie »
  Ourika. Recherchez sur internet ces portraits.
  Montrez qu'ils manifestent l'ambiguïté du statut
  d'Ourika.

Collège

Combats du 20ᵉ siècle en poésie (anthologie) (161)

Fabliaux (textes choisis) (37)

Gilgamesh et Hercule (217)

La Bible (textes choisis) (49)

La Farce de Maître Pathelin (146)

La poésie sous toutes ses formes (anthologie) (253)

Le tour du monde en poésie (anthologie) (283)

Le Livre d'Esther (249)

Les Quatre Fils Aymon (208)

Les récits de voyage (anthologie) (144)

Mère et fille (Correspondances de Mme de Sévigné, George Sand, Sido et Colette) (anthologie) (112)

Poèmes à apprendre par cœur (anthologie) (191)

Poèmes pour émouvoir (anthologie) (225)

Schéhérazade et Aladin (192)

ALAIN-FOURNIER, Le grand Meaulnes (174)

Jean ANOUILH, Le Bal des voleurs (113)

Marcel AYMÉ, Les contes du chat perché (6 contes choisis) (268)

Marcel AYMÉ, Ray BRADBURY, Dino BUZZATI, 3 nouvelles sur le temps (240)

Honoré de BALZAC, L'Élixir de longue vie (153)

Henri BARBUSSE, Le Feu (91)

Joseph BÉDIER, Le Roman de Tristan et Iseut (178)

Henri BOSCO, L'Enfant et la Rivière (272)

John BOYNE, Le Garçon en pyjama rayé (279)

Lewis CARROLL, Les Aventures d'Alice au pays des merveilles (162)

Blaise CENDRARS, Faire un prisonnier (235)

Samuel de CHAMPLAIN, *Voyages au Canada* (198)

CHRÉTIEN DE TROYES, *Le Chevalier au Lion* (2)

CHRÉTIEN DE TROYES, *Lancelot ou le Chevalier de la Charrette* (133)

CHRÉTIEN DE TROYES, *Perceval ou Le Conte du Graal* (195)

Jean COCTEAU, *Antigone* (280)

COLETTE, *Dialogues de bêtes* (36)

Joseph CONRAD, *L'Hôte secret* (135)

Pierre CORNEILLE, *Le Cid* (13)

Charles DICKENS, *Un chant de Noël* (216)

Roland DUBILLARD, *La Leçon de piano et autres diablogues* (160)

Alexandre DUMAS, *La Tulipe noire* (213)

ÉSOPE, Jean de LA FONTAINE, Jean ANOUILH, *50 Fables* (186)

Georges FEYDEAU, *Feu la mère de Madame* (188)

Georges FEYDEAU, *Un fil à la patte* (226)

Gustave FLAUBERT, *Trois Contes* (6)

Romain GARY, *La promesse de l'aube* (169)

Théophile GAUTIER, *3 contes fantastiques* (214)

Jean GIONO, *L'Homme qui plantait des arbres + Écrire la nature* (anthologie) (134)

Nicolas GOGOL, *Le Nez. Le Manteau* (187)

Jacob et Wilhelm GRIMM, *Contes* (textes choisis) (72)

Ernest HEMINGWAY, *Le vieil homme et la mer* (63)

HOMÈRE, *Odyssée* (18)

HOMÈRE, *Iliade* (textes choisis) (265)

Victor HUGO, *Claude Gueux* suivi de *La Chute* (15)

Victor HUGO, *Jean Valjean (Un parcours autour des Misérables)* (117)

Victor HUGO, *L'Intervention* (236)

Thierry JONQUET, *La Vie de ma mère !* (106)

Lycée

Série Classiques

Encyclopédie ou *Dictionnaire raisonné des sciences, des arts et des métiers* (textes choisis) (142)

La poésie baroque (anthologie) (14)

La poésie de la Renaissance (anthologie) (271)

La poésie symboliste (anthologie) (266)

Dire l'amour (anthologie) (284)

Les grands manifestes littéraires (anthologie) (175)

Le sonnet (anthologie) (46)

Le Sport, miroir de la société ? (anthologie) (221)

L'intellectuel engagé (anthologie) (219)

Nouvelles formes du récit. Anthologie de textes des 50 dernières années (248)

Paroles, échanges, conversations, et révolution numérique (textes choisis) (237)

Guillaume APOLLINAIRE, *Alcools* (238)

Honoré de BALZAC, *La Peau de chagrin + Ces objets qui nous envahissent… Objets cultes, culte des objets* (anthologie) (11)

Honoré de BALZAC, *La Duchesse de Langeais* (127)

Honoré de BALZAC, *Le roman de Vautrin* (Textes choisis dans *La Comédie humaine*) (183)

Honoré de BALZAC, *Le Père Goriot* (204)

Honoré de BALZAC, *La Recherche de l'Absolu* (224)

Jules BARBEY D'AUREVILLY, Prosper MÉRIMÉE, *Deux réécritures de Don Juan* (278)

René BARJAVEL, *Ravage* (95)

Charles BAUDELAIRE, *Les Fleurs du Mal* (17)

Charles BAUDELAIRE, *Le Spleen de Paris* (242)

BEAUMARCHAIS, *Le Mariage de Figaro* (128)

BEAUMARCHAIS, *Le Barbier de Séville* (273)

Paul VALÉRY, *Charmes* (294)

Vincent VAN GOGH, *Lettres à Théo* (52)

VOLTAIRE, *Candide ou l'Optimisme* (7)

VOLTAIRE, *L'Ingénu* (31)

VOLTAIRE, *Micromégas* (69)

Émile ZOLA, *Thérèse Raquin* (16)

Émile ZOLA, *L'Assommoir* (140)

Émile ZOLA, *Au Bonheur des Dames* (232)

Émile ZOLA, *La Bête humaine* (239)

Émile ZOLA, *La Curée* (257)

Émile ZOLA, *La Fortune des Rougon* (297)

Série Philosophie

Notions d'esthétique (anthologie) (110)

Notions d'éthique (anthologie) (171)

ALAIN, *44 Propos sur le bonheur* (105)

Hannah ARENDT, *La Crise de l'éducation* extrait de *La Crise de la culture* (89)

ARISTOTE, *Invitation à la philosophie (Protreptique)* (85)

Walter BENJAMIN, *L'œuvre d'art à l'époque de sa reproductibilité technique* (123)

Émile BENVENISTE, *La communication*, extrait de *Problèmes de linguistique générale* (158)

Albert CAMUS, *Réflexions sur la guillotine* (136)

René DESCARTES, *Méditations métaphysiques* – « 1, 2 et 3 » (77)

René DESCARTES, *Des passions en général*, extrait de *Les Passions de l'âme* (129)

René DESCARTES, *Discours de la méthode* (155)

Denis DIDEROT, *Le Rêve de d'Alembert* (139)

Émile DURKHEIM, *Les règles de la méthode sociologique* – « Préfaces, chapitres 1, 2 et 5 » (154)

Pour plus d'informations,
consultez le catalogue à l'adresse suivante :
http://www.gallimard.fr

Composition Interligne
Impression Novoprint
à Barcelone, le 4 mai 2018
Dépôt légal: mai 2018
Ier dépôt légal: mars 2010

ISBN 978-2-07-042433-7/Imprimé en Espagne.